神々に育てられしもの、最強となる
2
A boy raised by gods will be the strongest.
「ママが恋しくなったときにおっぱいを触らせてあげるわ」
「僕はテー
神々の
ル。
「この世界を救うのはウィル様です。そういう神託を預かっています」
羽田遼亮
Ryosuke Hata
ill fame

「あんた、馬鹿ね。
ウィルがこんなことで死ぬわけないでしょ」
ウィル
神々に育てられた規格外な強さを誇る少年。
困っている人を放っておけない心優しい性格
リア
自称・とある神に仕える巫女。
ウィルに対して好意を爆発させる
姿はあの神に似ているが……

ルナマリア
神託を受けてウィルと共に
世界を旅している盲目の巫女。
いつもウィルの才能を絶賛している
「僕は今から
こいつを一撃で倒す」
「ウィル様ならば
どのような困難にも
打ち勝つことでしょう」

彼女は黒タイツをずらすと、スカートを捲り上げ、内股を見せる。
「わたくしは『樹の勇者』です。エルフ族では数少ない勇者の称号を頂いております」
アナスタシア
ミッドニア王国の宮廷魔術師で『樹の勇者』でもある少女。とある理由でウィルを王都に招待する

神々に育てられしもの、最強となる2

羽田遼亮

ファンタジア文庫

2931

口絵・本文イラスト　fame

神々に育てられしもの、最強となる 2

A boy raised by gods will be the strongest.

羽田遼亮 Ryosuke Hata

ill fame

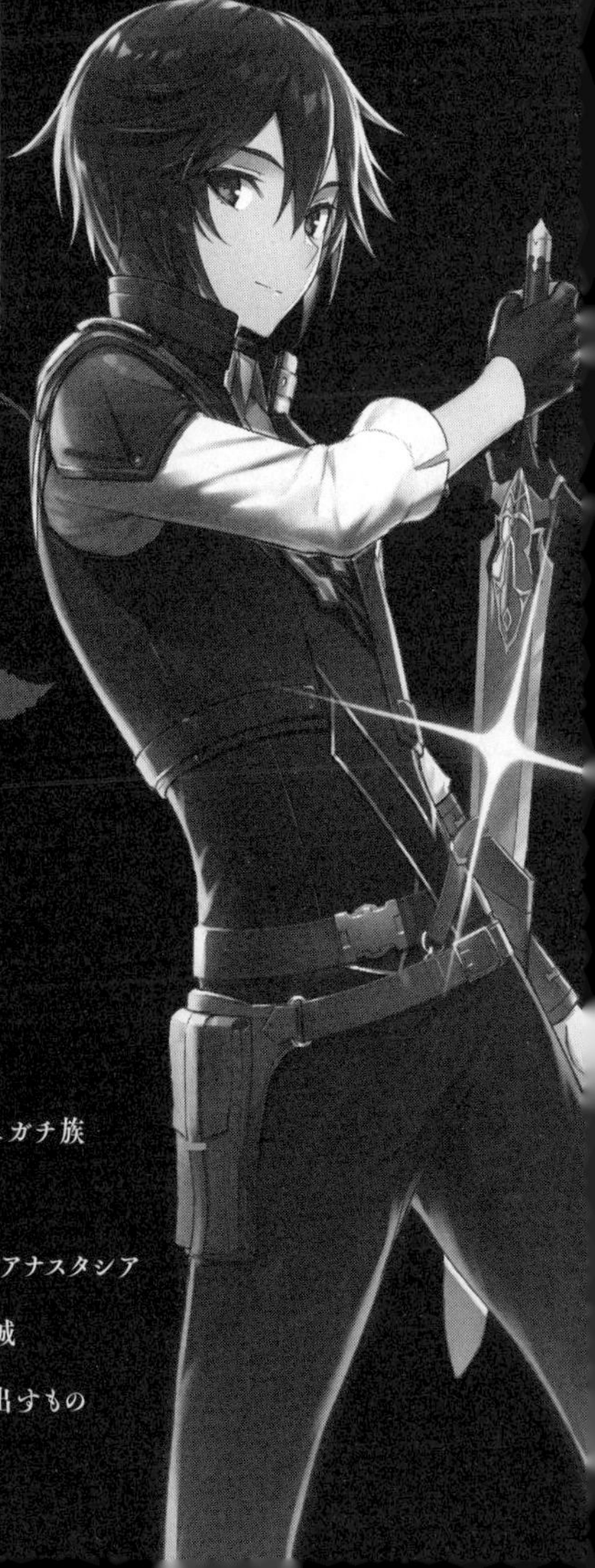

CONTENTS

第一章　草原の民《たみ》ジュガチ族

†

テーブル・マウンテンの別名は神々の住む山。

その山に捨てられた僕は、その山に住む神々に拾われ、彼らに育てられた。

まずは僕を拾ってくれた主神のレウス、万能《ばんのう》の神、無貌《むぼう》の神の異名《いみょう》を誇《ほこ》る神で、常になにかに変身しているため、誰《だれ》も本当の顔を知らない。息子である僕も本当の姿を知らないほどだ。

次に紹介《しょうかい》するのは剣《けん》の神様、名前をローニンという。遥《はる》か東の国からやってきたサムライで、剣術を極《きわ》めていたら神様になったという生粋《きっすい》の剣術馬鹿《ばか》だ。僕は彼に剣術を習い、その腕《うで》を磨《みが》いた。あと、子供なのに無理矢理お酒を飲まされ、お酒の味を覚えてしまった。

ちなみにどちらも男性の神であるが、育ての親、全員が男のわけではない。僕にはちゃんと母親もいる。

彼女の名前は治癒《ちゆ》の女神ミリア。テーブル・マウンテンの神々の紅一点にして僕の母さん。とても美しい女神だが、過保護なのが玉に瑕《きず》。

僕のことを常に甘やかし、その豊満な胸で抱《だ》きしめてくる。口癖《くちぐせ》は「うちのウィルになにかしたら殺す」である。過激な母親で、料理はあまり上手《うま》くないが、僕は母さんのことが大好きだった。

そして最後に紹介するのは魔術《まじゆつ》の神ヴァンダル、魔術師特有のつば広帽《ぼう》をかぶった隻眼《せきがん》の魔術師。大昔から魔術の真理を追究するために山に籠《こ》もっていた変わりもの。僕は彼に文字を習い、教養を身につけさせてもらい、魔法を教わった。彼が偉大《いだい》な魔術師であったからこそ、今の僕は無詠唱《えいしょう》で魔法を使えるのだと思う。ただ、若干《じゃっかん》、常識知らずになってしまったのも彼のせいだろう。――いや、それは他の神々にも責任はあるのか。

そんなふうに神々のことを思い出していると、僕をこの世界に連れてきてくれた巫女《みこ》が微笑《ほほえ》む。

彼女の名前はルナマリア。地母神の女神に仕《つか》える巫女だ。

盲目《もうもく》の女性で、幼き頃《ころ》に光を女神に捧《ささ》げ、以来、地母神の教えに従って生きてきた。

彼女はその地母神から神託《しんたく》を受け、テーブル・マウンテンまでやってきて、僕を下界に誘《さそ》ってくれたのだ。

彼女とはミッドニア王国を旅し、色々なことをともに学んだ。剣の勇者と呼ばれる男装の麗人《れいじん》と友達になったのも、アナハイム商会のご令嬢《れいじょう》と仲良くなれたのも、ある意味、すべて彼女のおかげだった。

この世界が広いことを教えてくれた女性に感謝をすると、僕は前を歩く彼女に尋《たず》ねた。

「東の方に聖なる盾《たて》があると聞いたけど、どの辺にあるの？」

地図を広げる僕。このミッドニア王国はテーブル・マウンテンを中心に東西南北に広がっていて、北部にはアナハイム商会があるノースウッドの街、それに聖剣がある迷いの森などがある。

東部にはなにがあるのか、地図を確認するが、そこには特にランドマークとなるようなものはなかった。

「ミッドニアの東は平原地帯です。特になにもありません」

「それじゃあ、聖なる盾があるというダンジョンは見つけにくいな」

「聖なる盾は草原の民が祀《まつ》っているダンジョンにあるそうです。まずは草原の民にコンタクトを取りましょう」

「それは名案だ」

と周囲を見渡《みわた》すが、どこまでも街道が延びていて、地平線が見える。

「僕は山育ちだから地平線に慣れてないんだよな」

テーブル・マウンテンは台形をしているが、緑が豊かなのであまり地平線は見えない。外周部まで行けば遠くを望めるが、外周部にはあまり行くことがなかったのだ。

「故郷の山が遠ざかるのはなんとなく落ち着かない」

振《ふ》り返るとテーブル・マウンテンはだいぶ小さくなっていた。このまま歩けば完全に見えなくなるだろう。

「途中《とちゅう》でいったん、里帰りすればよかったですね」

僕の心境を見抜《みぬ》いたのか、ルナマリアが唐突《とうとつ》に尋ねてくる。魅力《みりょく》的な提案であるが、僕は首を振る。

「父さんと母さんには立派な大人になるまで帰らないと誓《ちか》ったんだ。一ヶ月もしないうちに帰ったら笑われるよ」

それに、と続けると僕は冗談《じょうだん》めかす。

「今、山に帰ったら、絶対母さんに束縛《そくばく》される。物理的に。意識と記憶《きおく》を失うポーションを飲まされ、一生山に監禁《かんきん》されるよ」

「たしかにそうかもしれません」

治癒の神ミリアの苛烈《かれつ》な性格を思い出したのだろう、ルナマリアは苦笑を浮《う》かべ、同意する。

僕たちはミリア母さんについて話しながら、街道を東に向かった。

†

ここより北はマルサ平原と書かれた看板を見つける。

街道はまだ東に続くが、マルサ平原に行くには街道を横にそれないといけないようだ。

「街道ならば治安は安定しているんだけど、不安だなあ」

「大丈夫《だいじょうぶ》ですよ、そうそう盗賊《とうぞく》に出くわすようなことはありません」

自信満々のルナマリア。なんでも昨日は盗賊に襲《おそ》われる神託を見なかったのだそうだ。

それに地母神に毎日祈《いの》りを捧げる自分には幸運が味方する、とも。

それは心強いが、彼女はひとつだけ勘違《かんちが》いをしている。たしかにルナマリア自身は幸運なのかもしれない。先ほど寄った宿場町で食べたフォーチュン・クッキーもひとりだけ当たりだった。しかし、彼女の横に控《ひか》える僕は不幸なことで有名だった、ことあるごとにトラブルに巻き込まれる体質なのだ。

そのことを話すと、「毎回、盗賊に襲われるようなことはありません。三文《さんもん》小説ではありませんし」と元気づけてくれたが、彼女の笑顔はすぐに凍《こお》り付く。

街道を外《はず》れるとすぐにトラブルと遭遇《そうぐう》したからだ。

さすがに盗賊とは遭遇しなかったが、似たようなものと遭遇した。ゴブリンの集団だ。緑色の小鬼《こおに》の集団。粗末《そまつ》な衣服に錆《さ》びた短剣を装備している。

明らかに殺気立っているのは、どうやら戦闘《せんとう》のあとだったからのようだ。傷ついたものもいる。

「ウィリー！」

とゴブリン語で威嚇《いかく》してくる。

人間と戦闘したあとなのか、魔物と戦ったあとなのか、それは分からないが、戦闘は避《さ》けられそうにない。

こちらには戦う意思はなくても向こうにはあるのだ。少なくとも一〇匹《ぴき》分は。

「ルナマリア、戦闘になるけど、後方から援護《えんご》して」

「分かりました！」

ルナマリアは後方に下がり、神聖魔法を唱えるが、結論から言えば戦闘にならなかった。

正確に言えば僕らが戦わずに済んだ。

見ればいつの間にか後方にひとりの戦士が立っていた。

年の頃は一四、五だろうか。僕と同じ歳くらいに見える。女の子であり、綺麗《きれい》に髪《かみ》をなびかせている。

彼女はフレイルと呼ばれる棍棒《こんぼう》を操《あやつ》り、次々とゴブリンを倒《たお》していく。

器用にフレイルを振り回す。

ときには力強く、ときには相手の弱点に的確に、剛柔《ごうじゅう》を使い分ける。

「器用な戦士だな」

というのが僕の第一印象だった。それにとても綺麗な子だと思った。

ルナマリアとはタイプが違う。

ルナマリアはおしとやかで慎《つつ》ましいタイプだが、この娘《むすめ》は活発で可憐《かれん》なタイプだった。

「……どこかで見た顔だな」

と考察していると、彼女は叫《さけ》ぶ。

「神々に育てられし子、ウィル、あなたは女性が戦っているのに手助けしてくれないの？」

フレイルを持った女の子は声高《こわだか》に言う。

たしかにその通りなので、短剣を抜《ぬ》いて援護する。

「ごめん、君に見とれていた」

「うふふ、それは当然ね、私は美人だもの」

自分で言う？　と思ったが、反論はせずに自己紹介をする。

「僕の名前はウィル、君は僕を知っているようだけど」

「そ、そげんことなか!!」

「なぜに方言……」

「べ、別に怪《あや》しくなんかないわよ。身分を偽《いつわ》ったりなんかしていないんだから」

こほん、彼女は咳払《せきばら》いをすると自己紹介をする。

「私の名はミリ……、いえ、リアよ。とある神に仕える巫女」

「ルナマリアと同じだ」

「そこの小娘の仕える神よりも上等な神よ」

さすがにそのものいいに腹を立てるルナマリア。しかし、それでも援護魔法を掛《か》けてくれるのは彼女の優しさだった。

「そのとある神の神託で神々の子がこの地にやってくると知ったの」

「それで僕らを助けてくれるのか」

「ええ、そうよ、聖なる盾を探しているのでしょう」

「そんなことも知っているの？」

「巫女を舐《な》めないの。なんでもお見通しなんだから」

と言いながらゴブリンを倒すリア。僕も一匹、斬《き》り捨てる。

「君は聖なる盾のありかを知っているの？」

「それは知らないけど、私を仲間にするといいことあるわよ」

「たとえば？」

「そうね、ママが恋《こい》しくなったときにおっぱいを触《さわ》らせてあげるわ」

「…………」

僕が沈黙《ちんもく》していると、ルナマリアの聖なる気が高ぶる。

「間に合っています!!」

と彼女の聖なる一撃《いちげき》がゴブリンの集団に襲いかかる。

集団の中心で破裂《はれつ》した《聖柱》の魔法は一気にゴブリンを駆逐《くちく》する。

それを見たリアはくすりと笑う。

「あらあら、一丁前に焼き餅《もち》」

「これは焼き餅ではありません。神聖なウィル様を悪の道に引き込まないでください」

「まあ、母親みたいなことを」

「私はウィル様のお母様にウィル様を託されたのです」

その言葉を聞くとリアは「ふーん……」と妖艶《ようえん》な笑みを浮かべ、己の唇《くちびる》に人差し指を添《そ》える。

「あの、女神ミリア様の言葉を忠実に守る点だけは見所あるわね」

「当然です。ウィル様のお母様なのですから」

「まあいいわ。私も治癒《ちゆ》神と対立したいわけじゃないから。仲間になってもあまり過度な誘惑《ゆうわく》はしない」

「仲間になること前提なの？」

僕は呆《あき》れながら尋ねる。

「もちのろん。ウィルは剣神《けんしん》とかいう小汚《こぎたな》い神様に女の子の願いは断ってはいけない、って育てられたのでしょう？」

「よく知っているね」

「ウィルのことならば全身のほくろの数も知っている」

彼女はそう言って笑うと続ける。

「あなたみたいな優しい子は、女の子をひとり旅させないということも」

「女の子……ね……」

フレイルの直撃を受け、頭蓋骨《ずがいこつ》を破壊《はかい》されたゴブリンたちを見る。

ローニンだってこんな手荒《てあら》な真似はしないが、と思わなくもないが、フレイルを収め、女の子らしく「きゅぴん」とポーズを取っていると、たしかにか弱き女性に見えた。

このような可憐な女性にひとり旅など、たしかにむごい。

そう思った僕は彼女に手を伸《の》ばす。

すると彼女はそれを握《にぎ》り返してくれる。

「よろしくね、ウィル」

「よろしくね、リア」

このようにして僕にふたりめの仲間ができた。ふたりめの仲間も女性でさらに巫女だった。

ルナマリアは少し頬《ほお》を膨《ふく》らませながら、

「世界中の巫女《みこ》を仲間にする気ですか」

と言った。

まさかそんなハーレムのような真似はしないよ、と言うが、リアはそんなルナマリアを挑発《ちょうはつ》するかのように僕に抱《だ》きついてくる。

「そこの盲目《もうもく》の巫女さんもよろしく。ええと、名前は二号さんだったかしら？」

「ルナマリアです！」

と主張する彼女は、いつもより幼く見えて可愛らしかった。

こうして謎の巫女が仲間になってくれた。

いや、無理矢理仲間に加わったと表現すべきか。

まあ、どちらでもいい。

†

よくローニン父さんは言っていた。

「旅は道づれ、世は情け。家族は多ければ多いほどいい」と。

まったくもってその通りなので、僕は気にせずリアに尋《たず》ねる。

「僕たちは聖なる盾《たて》を求めて草原の民《たみ》を探しているんだけど、リア、心当たりはない？」

「残念ながらないわ。私、ミッドニアの中心からきたから」

ミッドニアの中心にあるのはテーブル・マウンテンだが、その麓《ふもと》からきたのだろうか。

「そうか、残念だ。その草原の民のダンジョンに盾は眠《ねむ》っているらしい」

「すごい盾みたいね。草原の民に知り合いはいないけど、草原の民はゲルと呼ばれるテントで暮らしている、という知識はある」

「ゲルね、ヴァンダル父さんの本で読んだことがある」

ゲルとは移動式住居のことで、草原の民が愛用している。要はテントの豪華《ごうか》版だった。

草原の民は遊牧で生計を立てているから、常に移動するのだ。

「この季節ならばもう少し北に移動しているかもしれませんね」

とはルナマリアの言葉だった。暖かくなれば北部にも草が生えるようになるのだ。

「なるほど、ならばもうちょっと北へ行くか」

そしてしばらく歩くと、僕たちはさっそく、草原の民を見つける。

「第一草原民発見！」

とはリアの言葉だ。

「小さな女の子だね。驚《おどろ》かせないようにしないと」

三つ編みの民族衣装の女の子はどこからどう見ても気が弱そうであった。

事実、僕たちを見るとびくりと身体《からだ》を震《ふる》わせ、警戒《けいかい》している。

僕はぎこちない手つきで「や、やあ！」と右手を挙げる。

草原の民の子は、

「ひ、ひぃ、お許しください」

と逃《に》げる。

それを見てルナマリアは言う。

「ウィル様を見て逃げるなど失礼な子です」

リアは同調する。

「珍《めず》しく意見が合うわね、小娘」

珍しく同調しているふたり。しかし、僕は少し気落ちする。

「……ああ、子供に嫌《きら》われたことないんだけどなあ」

山では山猫《やまねこ》の子供、子鹿《こじか》、小熊《こぐま》、すべて仲が良かった。みんなと友達になれたのだが、草原は山のようにはいかないようだ。

と嘆《なげ》いていると、そうではないことに気が付く。

草原の子供が怯《おび》えているのは僕たちではなく、僕たちの後ろにいる化け物だった。

見ればいつの間にか、後背《こうはい》に大きな影《かげ》ができていた。

その影は僕たちを見下ろすように見つめている。

なんと先ほど倒《たお》したゴブリンたちの親玉がやってきたのだ。

「ホブゴブリン!」

リアがそう叫ぶと、ホブゴブリンと呼ばれる巨大《きょだい》なゴブリンが棍棒《こんぼう》を打ち下ろす。

僕はルナマリアを庇《かば》いながら避《よ》ける。

先ほどまで僕たちがいた場所に大穴が空いている。

「……これがホブゴブリンか」

「山ではゴブリンの集団をよく見たが、ホブゴブリンは初めて見た。このように巨大なのか」

と、つぶやくとリアが否定する。

「……普通《ふつう》のホブゴブリンはこんなに大きくない。たぶん、こいつはユニーク・モンスター」

「こいつがユニーク・モンスターか」

ユニーク・モンスターとは固有モンスターのことで、別名、二つ名付きと呼ばれている。通常の個体よりも遥《はる》かに強力なモンスターで、異名《いみょう》を持ってその地に君臨しているのだ。

おさげの少女はその場で腰《こし》を抜《ぬ》かしながら言う。

「粉砕《ふんさい》の緑小鬼……」

どうやらそれがこいつの名前らしいが、なかなかに強そうだ。

僕たちはそれぞれに武器を構える。

僕はミスリルのダガー、ルナマリアは聖別されたショートソード、リアはフレイル、それぞれの型を取るが、ホブゴブリンはそんなことを気にも掛けずに棍棒を振《ふ》り下ろす。

あまりにも強大な一撃なので、受け止めればそのまま武器ごと押しつぶされるだろう。

即座《そくざ》に察した三人はそれぞれに後方に飛び、得意の間合いに切り替《か》える。

ルナマリアは後方から神聖魔法《まほう》、リアはフレイルの長さを活かした中距離《きょより》戦。僕は逆に懐《ふところ》が一番安全理論に従ったショートレンジ。三者三様であったが、ホブゴブリンはなかなかに強かった。

ルナマリアの神聖魔法をはじき返すし、リアの渾身《こんしん》の一撃も致命傷《ちめいしょう》にはならない。

僕の短剣でも切り裂《さ》くことはできなかった。

まるでこの前戦ったサイクロプスのような強靭《きょうじん》さだ。

ルナマリアとリアは撤退《てったい》を主張するが、僕は断った。

「ここに女の子がいるってことは近くに草原の民のゲルがあると思うんだ。僕たちが撤退したら、この化け物はそこに向かうはず」

「たしかにそうですが、ときには撤退も肝要《かんよう》です。ウィル様が傷付いたら元も子もない」

「そうよ、そうよ、ウィルになにかあったらどうするの」

「なにもないよ。僕は今からこいつを一撃で倒す」

「そんなことができるのですか？」

「もちろん、可能だよ。僕には剣の神に習った剣技と、魔術の神に教わった魔法がある。そのふたつを掛《か》け合わせれば無敵だ」

そう宣言すると、リアはつまらなそうに言う。

「世界一の美神に習った治癒は役に立たないの？」

「ミリア母さんの教えは戦闘《せんとう》後に役立つことが多い。でも、母さんの教えが一番、役に立ったかな。山の仲間もたくさん救えた」

その言葉を聞いたリアは「うむ、よろしい」と偉《えら》そうにうなずいた。

なにがよろしいか分からないが、全力を出しても良さそうだ。

「ルナマリアとリアはあの子を後方に下げて。巻《ま》き添《ぞ》えにしたくない」

「分かりました」

「りょ！」

と、ふたりは後方に下がると、腰を抜かしている少女を抱《だ》きかかえ離《はな》れる。

かなりの距離ができたことを確認すると、僕は空を見上げる。

「大気を震わせる精霊《せいれい》よ、怒《いか》りを支配する雷《かみなり》の王よ、僕に力を貸せ！」

そう言うと先ほどまで晴天だった空が曇《くも》る。あっという間に真っ黒になって雷雨《らいう》をもたらす。

雷の存在を感じた僕は天高く飛び上がると、《雷撃《らいげき》》の魔法を発動する。

雷雲からいかずちが落ちると、それを空中で受け止める。ミスリル・ダガーに雷の力を宿すと、それをホブゴブリンにぶつける。

「あったれー!!」

と念じた僕。この魔法剣《けん》は初めて使用するが、当てる自信はあった。ここは平原、雷を遮《さえぎ》るものはなかったからである。ならば雷の挙動は読みやすく、まっすぐに飛ぶだろうと予測したのだが、それは正解だった。

「…………」

あとは雷の魔法剣がどれほどの威力《いりょく》なのか、というのが問題であるが、雷撃を喰らったホブゴブリンはしばしその場に立っていた。

一瞬《いっしゅん》、あの魔法剣に耐《た》えたのか、と思ったが、そうではないようだ。ホブゴブリンは白い煙《けむり》を上げながらずどんとその場に倒れる。

それを見ていたルナマリアは、

「さすがはウィル様ですわ」

と、その場で飛び跳《は》ねていた。

一方、リアはもっと直情的に僕に抱きついてくる。

一瞬、

「──さすがは私の息子！」

と言ったような気がするが、すぐに訂正《ていせい》する。

「さすがは私のウィル！　強い、格好いい、素敵、三拍子揃《さんびょうしそろ》っている!!」

大げさであるが、皆《みな》に怪我《けが》がなくて良かった。そう思った。

†

このようにしてゴブリンとホブゴブリンを撃退《げきたい》すると草原の民と思《おぼ》しき女の子はぺこりと挨拶《あいさつ》してくる。

「あ、あの、先ほどはありがとうございます。私はマルサ草原九氏族のひとつ、ジュガチ族のアイーシャです」

頭《こうべ》を垂れると可愛らしい三つ編みが肩《かた》から落ちる。

とても可愛らしいが、それを言語化するのはリア。

「あら、可愛い、食べちゃいたい」

冗談《じょうだん》であろうが、アイーシャがびくっとするので止《や》めてほしい。

彼女を落ち着けるために聖女ルナマリアを投入。

「大丈夫《だいじょうぶ》です。冗談ですから」

にこりと笑うと場がほんわかする。さすがはルナマリアだ、と感心していると、アイーシャは言った。

「このたびは村を困らせていたゴブリンの一団を退治して頂きありがとうございます。このような場ではなんですし、是非《ぜひ》、わたしの村にきて頂きたいのですが」

「招待してくれるの？」

「もちろんです。馬乳酒《ばにゅうしゅ》でおもてなししたいです」

「それは有り難い」

とアイーシャに礼を言って、彼女の後ろに付いていく。

彼女の前方、丘《おか》の上の向こう側には馬がいた。どうやら彼女はそれに乗ってやってきたようだ。隣《となり》の部族への使いに出ていたと説明してくれる。

「お使いはいいの？」

「届け物を届けた帰りですから」

「そこをゴブリンに襲《おそ》われたのか」

「はい。──ちょっとお花摘《つ》みをしていたら」

「お花摘み？」

きょとんとしていると、ルナマリアが軽く咳払《せきばら》いをする。

リアは僕の耳元で言う。

「おトイレのこと」

「……ああ、なるほど」

もじもじと恥《は》ずかしがっているアイーシャ。可哀想《かわいそう》なのでその話は飛ばしてジュガチ族について尋《たず》ねた。

「この草原には九の氏族がいる、ということは九の村があるの？」

「そうですね。氏族から枝分かれした集団もありますが、基本的に九つの大きな移動式の村があると思ってください」

ジュガチ族はその中でも最大なんですよ、えっへん、と小さな胸を張るアイーシャ。

「なるほどねえ。この広い平原を常に移動していたら、僕たちではなかなか出会えない」

「ですね。それと草原の民《たみ》はシャイなので、一見様《いちげんさま》に冷たいかも」

「そうか。紹介《しょうかい》がないと村にも入れないんだね」

「基本的には。旅の商人は大歓迎《かんげい》なのですが」

「商人に転職しようかな」

などという冗談をつぶやいていると、アイーシャの村が見えてくる。

「あれがジュガチの村です」

「おお、すごい。思ったよりも大きい」

移動式住居に住まう民の村だから、もっと小規模かと思ったが、そもそもゲル自体とても大きい。

ひとつひとつが普通の農家の倍はある。

「草原の民は血族を重んじるので、基本、親族と住んでいます。ですので大きいのです」

ある程度家族が増えると、長男から順に独立し、新しいゲルを作るのが習わしらしい。

「変わった風習でしょう」

とはアイーシャの言葉だが、僕は普通の村も知らないので、そういうものなのか、という感想しか湧《わ》かない。

軽くルナマリアを見ると、

「移動式住居自体、物珍《ものめずら》しいです。あとで触《さわ》ってみたいですね」

というコメントをくれた。意外とミーハーというか、好奇心《こうき》が旺盛《おうせい》な聖女様である。

そのようなやりとりをしていると、村に接近する。

一応、村には見張りがいて、周囲を警戒《けいかい》しており、見慣れぬものを連れてきたアイーシャに誰何《すいか》する。

民族衣装を着た男は叫《さけ》ぶ。

「アイーシャ！　そのものたちは誰《だれ》だ？」

「フラグさん、この人たちは怪《あや》しい人じゃないの。わたしを助けてくれたの」

「アイーシャを助けた？　ということは恩人か」

「そう。わたしだけでなく、村の恩人。この方々はゴブリンの集団を駆逐《くちく》してくださったの」

「な、それは本当か」

目を丸くするフラグ青年は、ありえないと連呼する。

「ゴブリンはともかく、その親玉であるホブゴブリンは強烈《きょうれつ》無比、村の自警団が何人も返り討ちに遭《あ》っているんだ」

「でも彼らは、いえ、ウィルさんはなんなく倒《たお》しました」

「な、その少年がひとりで倒したというのか」

「そうじゃないですよ。仲間と協力して倒しました」

僕が訂正すると、ルナマリアは言う。

「それは謙遜《けんそん》です。ホブゴブリンに関してはほぼウィル様がひとりで倒されたようなもの」

「そうそう。てゆうか、ゴブリン退治もウィルひとりで十分だったわよね」

僕は天才、というのが彼女たちの主張するところであるが、彼女たちの後方援護《えんご》、攪乱《かくらん》があったからだと主張しても聞き入れてくれなかった。

このままでは魔王《まおう》もひとりで倒せると勘違《かんちが》いされそうだったので、話を逸《そ》らす。

「フラグさん、僕たちは村で聞きたい情報があるのですが、入れてもらうことは可能でしょうか？」

フラグは闊達《かったつ》に答える。

「是非、我が村で休んで行ってくれ。ジュガチ族は恩人を持てなさないという不義理はしない。村全体で持てなす」

と言うと村の奥に向かう。村長にこのことを伝えるようだ。風のような速度で消える。

「忙《せわ》しない男ねえ。声も大きいし」

リアの評だが、間違ってはいない。

「でも、フラグさんは村一番の勇者なんですよ。アイーシャも「そうですね、ふふふ」と笑う。馬に乗りながら弓矢で一〇メートル先のゴブリンの眉間《みけん》を射貫《いぬ》きます」

「それはすごいね。騎射《きしゃ》ってやつだ」

「はい、村一番の名手です。だからモテモテなんですよ」

「そうか、僕も騎射を教わろうかな」

「もてもてになりたいのですか？」

とはルナマリアの質問だが、首を横に振《ふ》る。

「僕は小さな頃《ころ》から武芸全般《ぜんぱん》を習ったけど、弓はあんまり習わなかったんだ。撃《う》てないわけじゃないけど、騎射までは無理だね」

「純粋《じゅんすい》に好奇心から覚えたいのですね」

「そうだね。騎射をマスターすれば山に帰ったときに、父さんたちに自慢《じまん》できる」

「剣神ローニン様は特に喜びそうです」

とルナマリアは微笑《ほほえ》むが、リアはちくりと言う。

「超絶《ちょうぜつ》美神のミリア様はどうだか。ウィルには優しい子になってほしいはずよ」

「母さんは最低限の武芸はたしなめと言ったけど、武芸を極《きわ》めるよりも、その武芸をどう活かすかに重きを置いていた」

「力の行使先ですね。得た力をどう正義のために使うか、を説《と》いていらっしゃるのですね」

「そうだね。最強を極めても周りに誰もいなければ意味はない、と言い切っていた。僕もそう思う」

と言うとリアが僕を抱《だ》きしめ、豊満な胸でいい子いい子をしてくる。

「……あの、リア、なにかあるたびに抱きつかれると困るのだけど」

「だって、ウィルちゃんがとてもいい子だから。やっぱり四神の中で一番ミリア様が好き？」

「それは難しい質問だね。母さんの中では一番好きだと断言はできるけど」

「女神はひとりだけでしょ」

「そうだね。――ま、その辺はノーコメントで」

父さんたちの耳に入ったらとんでもない騒動《そうどう》になる。リアは口が軽そうだし、ここは黙《だま》っておくのが一番だろう、と黙《もく》する。

するとルナマリアがくすくすと笑いながら、

「さすがはウィル様です。その賢《かしこ》さは賢者並《けんじゃ》」

と称《たた》えてくれた。

まったく、リアもルナマリアも大げさすぎる。アイーシャが奇異《きい》の目で見ているのではないか、と草原の少女に視線を移すが、案外、普通《ふつう》の表情をしている。

なんでも草原の民は妻を三人まで持てるそうで、このような光景は珍《めずら》しくないらしい。

その言葉を聞いて、リアは「草原の民、さいこー！」と腕《うで》を絡《から》ませてくる。

負けじとルナマリアも真似をしてきた。もしも僕が草原の民になったら、大変なことになりそうだ。

†

一刻も早く聖なる盾《たて》があるというダンジョンの居場所を聞かねば、と思った。

ジュガチ族の長老はふるふると震《ふる》えている。

かなりの高齢《こうれい》で立つのがやっとという様子だった。ただ、頭脳のほうはまだ明晰《めいせき》で、

「よくぞ我がひ孫アイーシャを、そしてこの村を救ってくれた」

と握手《あくしゅ》を求めてきた。その手は力強い。

なんでも昔は一キロ先まで矢を飛ばしていたそうだ。

さすがは草原の民、であるが、それよりも気になるのは長老の発言。

「君ってジュガチ族の長《おさ》のひ孫だったの？」

アイーシャに問うと、「えへへ、実は」と笑った。

ただし、と訂正《ていせい》するが。

「長の子供は二八人、孫は九二人、ひ孫に至っては数えられないほどいますが」

この村のほとんどが血縁《けつえん》であるといっても過言ではないらしい。まったく、恐《おそ》ろしい長である。と思っていると、長は言った。

「まあ、それでも可愛いひ孫には変わりない。助けてくれて本当に嬉《うれ》しい。ささやかだが酒宴《しゅえん》を用意した。楽しんでくれ」

ぽんぽん、と長が手を叩《たた》くと、綺麗《きれい》な民族衣装を着た女性たちがやってくる。

アイーシャより年上だ。母親世代に見えた。

彼女たちは手に馬乳酒を入れた瓶《びん》を持っている。客人はこれをぐいっと飲むらしい。成人である僕は酒が飲めるがそれほど強くない。だが、断るのも失礼なので、ぐいっといく。かー、っと喉《のど》と胃が焼けるようであった。

ルナマリアは宗教上の理由で断っている。地母神の巫女《みこ》は快楽に溺《おぼ》れてはいけないという。

リアは「まったくお堅《かた》い神様ね」と馬乳酒をぐいっと飲んでいた。かなりいい飲みっぷりだ。

三者三様にウェルカム・ドリンクを頂くと、宴《うたげ》は始まる。

僕たちを中心に車座が出来上がる。

焚《た》き火を中心にワイワイガヤガヤと騒ぎ始める。

馬乳酒こそ飲めないルナマリアであるが、ロカ茶と呼ばれる草原独特のお茶に山羊《やぎ》のミルクを入れたものは飲んでいた。

砂糖とバターがたっぷり入ったお茶で、「甘くて美味《おい》しい」と頰《ほお》を緩《ゆる》める。

僕も一口飲ませてもらったが、独特の香《かお》りと優しい口当たりは癖《くせ》になりそうであった。

というか馬乳酒よりこっちがいいな、と思った僕は、二杯《はい》目からロカ茶に切り替《か》える。

草原の民では酒に強いものは敬意を持たれるが、それでも客人に無理矢理酒を飲ます文化もないようで、ロカ茶に切り替えてもなにも言われなかった。

むしろ、女の子なのにうわばみのように飲むリアに奇異の目が行く。

「こんなのじゃ酔《よ》いもしないわ」とジュガチ村一番の酒豪《しゅごう》ですら相手にならないほどだ。

いつか酒に強いと言われるくらいにはなりたいが、彼女のようにはなりたくないな、と酒乱気味に酒をあおる女の子を見て思った。

ルナマリアも似たような感想を持ったようで、苦笑いをしている。そんなふうにそれぞれの酒の飲み方を観察していると、料理が次々と運ばれてくる。

どれも美味しそうな匂《にお》いを漂《ただよ》わせている。

「草原の民《たみ》のご馳走《ちそう》です」

にこりと配膳《はいぜん》するアイーシャ。料理の説明をする。

「これは羊の肉をトマトで煮込《にこ》んだものです。唐辛子《とうがらし》がアクセント。これは羊の挽肉《ひきにく》のまんじゅう。肉汁《にくじゅう》がぴゅっと出てきます。あとは馬肉のハンバーグも美味しいですよ」

肉づくしである。さすがは牧畜《ぼくちく》をなりわいとする遊牧民である、と心の中で納得すると、馬肉ハンバーグを頂く。

肉汁がぶわっと口の中に広がる。馬肉なのでさっぱりだ。

これは美味しい、と言うと普段《ふだん》、粗食《そしょく》のルナマリアも太鼓判《たいこばん》を押した。

「これは素晴らしいですね。香辛料《こうしんりょう》とソースで肉の臭《くさ》みを消しています」

と言って作り方を尋《たず》ねていた。なんでも冒険《ぼうけん》の途中《とちゅう》、僕に振る舞《ま》いたいらしい。

アイーシャはこころよく教えてくれるが、馬肉のミンチだけは真似できそうもない。なんでも馬肉のミンチは、馬の鞍《くら》に馬肉を置き、走行中に揺《ゆ》られることによって自然と出来あがるものらしい。まさしく遊牧民ならではの調理法だ。

僕が納得していると、リアは「わたしはそんなにお尻《しり》が大きくないから無理ね」と言う。

そんなことは聞いていないが、まあ、無視をする。

このように遊牧民のご馳走のフルコースを堪能《たんのう》していると、馬乳酒で出来上がった青年が踊《おど》りを始める。

何世代にもわたって遊牧民に受け継《つ》がれてきた踊り、朴訥《ぼくとつ》で飾《かざ》り気《け》のない踊りであった。

遊牧民の手拍子《てびょうし》が鳴《な》り響《ひび》く中、僕たちは踊りと料理を堪能し、夜更《よふ》けまで楽しんだ。

†

宴は夜更けまで続いたが、夜通し行われるわけでもない。

村人が疲《つか》れてしまうし、それに僕たちも。

僕はちょうどいい頃合を見計らって、ジュカチ村の長に休みたいと伝えた。

長老は僕たちに寝床《ねどこ》を提供してくれると言う。

自分の家に泊《と》めてくれるようだ。

「お前たちは夫婦か？」

と尋ねてきた。たぶん、一緒《いっしょ》のベッドでいいか、と尋ねているのだろう、無論、分けてもらう。

リアが不平を口にしたが、無視をすると別のベッドをあてがわれる。

「部屋は別々だと思ったけど、ゲルはそもそも部屋の区別がないみたいね」

「そうだね。開放的でいいかも」

見れば長老の一族が皆《みな》、同じ空間で寝《ね》ていた。男も女も子供も。ただし、ひとつだけ天幕がある空間がある。なんでもそこは子供を製造する部屋なのだそうだ。意味を知った僕は赤面してしまうが、深くは考えず眠《ねむ》りにつく。

長旅で疲れている。今日はゴブリンの集団やホブゴブリンと戦ったし、夜更けまで宴の主賓《しゅひん》だったのでとても疲れた。

疲労困憊《ひろうこんぱい》の僕はそのままベッドに倒れこむ。

あっという間だった。すうっと眠りに落ちる。

眠りの妖精《ようせい》はそのまま僕を朝まで包み続けた。

翌朝、僕はリアを揺り起《お》こす。年頃《としごろ》の娘《むすめ》さんなのにお腹を出して寝ていたからだ。彼女は「ふぁ～あ」と起きるが、僕も頭がぼうっとしていた。

寝ぼけ眼《まなこ》で周囲を見つめる。民族衣装を着た女性が忙《せわ》しなく動き回っている。家事をしているようだ。

その光景を見て僕はここがジュガチ村であることを思い出す。

「そういえば昨日、この村で歓待《かんたい》を受けたんだっけ」

そうつぶやくとルナマリアがいないことに気がつく。

どこに行ったのだろうか？

僕の言葉に反応した長老が教えてくれる。

「あの娘《むすめ》ならば外で山羊の乳を搾《しぼ》っているぞ。客人なのに村娘の手伝いをしている」

「ルナマリアらしいね」

とリアを見ると、

「なによ、私はなにもしないって言いたいわけ？」

「そうじゃないけどさ」

「じゃあ、なんなの」

「いや、僕たちもルナマリアを手伝わない？」

「山羊の乳を搾るの？」

「牧草運びでもいいよ。昨日はたくさん美味しいものを食べさせてもらったんだ。お礼しないと」

「それはゴブリン退治でチャラだと思うけど」

と言うがリアは結局、僕たちに付き合ってくれた。

「あなたたちだけ働かせて私が昼まで寝てたらろくでもない女だと思われるでしょ」

昨日、馬乳酒を一〇杯飲み干した時点で思われているよ、と返そうかと思ったがやめた。

せっかく、勤労精神が湧《わ》いている巫女を突《つ》き放《はな》すような真似はしたくなかった。

僕とリアは長老に許可を取り、ゲルの外に出る。ルナマリアは長老宅の横にある囲いにいた。

長老の言葉通り、山羊の乳を搾っている。

村娘たちが、

「すごーい！」

「器用！」

と、驚いている。

彼女の器用さは承知していたので驚《おどろ》かないが、村の人々には珍しく映っているようだ。

まあ、僕もいまだに彼女に視力がないと信じられないことがあるが。

先日も彼女は僕に寝癖《ねぐせ》があると言いだし、髪《かみ》をといてくれた。櫛《くし》を使って寝癖を直してくれたのだ。

直してくれたこともすごいが、気が付いたこともすごい。なんでもわずかな空気の流れの違《ちが》いを察知しているらしい。空気抵抗《ていこう》の違いで僕の髪型を感じ分けているようだ。

理論を聞けば単純だが、それを実行してしまう知覚がすごかった。剣《けん》の神とてそのような真似はできない。

改めてルナマリアの能力に感嘆《かんたん》していると、彼女はこちらを見ながら微笑《ほほえ》んだ。

「その足音、ウィル様ですね。おはようございます」

にこりと微笑む。その笑顔は宗教画に出てくる聖女のようであった。

僕が彼女をぼうっと見つめているのが気にくわないのだろう、リアは「私だって山羊の乳くらい搾れるわよ」と対抗《たいこう》する。

――対抗するが、山羊が嫌《いや》がっている。力任せに搾《しぼ》るからだろう。その様はまるでミリア母さんのようであった。母さんもまた山羊に嫌《きら》われることをよくするのだ。

そのことを指摘《してき》すると、リアは「つん」と顔を背《そむ》け、「ならばウィルがやればいいでしょ」と言った。

もちろん、そのつもりなので代わる。

「山羊の乳搾りはそんなに力を込めなくていいんだよ。優しく搾るだけで十分出るんだ」

と実行すると、実際、山羊は乳を出す。

「めー！」

と嬉しそうな鳴き声も出す。

アイーシャは目を丸くする。

「上手ですね、経験者ですか」

「そうだよ。テーブル・マウンテンでは山羊を飼っていたから」

「テーブル・マウンテンの麓《ふもと》で暮らしていたんですね」

頂上だけど、説明するのが面倒《めんどう》だったので、「まあ、そんなところ」と言うと彼女は納得したようだ。

「私は平原育ちなので、いつかあの山に登りたいです」

「そのときは案内するよ。ところでアイーシャ、尋ねたいことがあるのだけど」

「今日の朝食は山羊の乳シチューとパンですよ」

「いや、そうじゃなくて、僕たちは草原の民のダンジョンを探しているのだけど、場所を知らない？」

「そ、草原のダンジョンに行かれるのですか!?」

その言葉を聞いたアイーシャはびっくりし、その場で尻餅《しりもち》をつく。

「あわわ……」

と慌《あわ》てふためく。

「草原のダンジョンは立ち入り禁止なの？」

僕が尋ねると、彼女は「うんうん」と肯定《こうてい》する。

「草原のダンジョンは草原の民でも選ばれたものしかおもむくことができない場所です」

「聖地というやつ？」

「そうです。でも、それ以上に危険な場所で、守護者《ガーディアン》がおり、近づくものに危険を及《およ》ぼします」

「それは大変そうだ」

――でも、と続ける。

「僕たちに行かないという選択肢《せんたくし》はないよね」

ルナマリアは静かな決意を固めているし、リアもやる気満々だ。

それを見てアイーシャは呆《あき》れるが、僕たちの実力も知っているのでなにも言わない。

「分かりました。わたしから長老に許可を取ります。おそらくですが、ダンジョンの場所は教えて貰《もら》えるかと」

「それは有り難い」

「ですが、ふたつだけ約束してください」

「ふたつ？」

「そうです。一つ目は必ず無事帰ってくること」

「分かった。それは約束する」

二つ目は？　と尋ねると、彼女は口元を緩《ゆる》めながら言う。

「二つ目、今から用意する朝食を残さず食べてください。ルナマリアさんが一生懸命《いっしょうけんめい》に搾った山羊の乳を使った特製シチューです。ジュガチ村のシチューは草原一番なんですよ」

彼女はそう言うと草原の風のように微笑んだ。

僕は、

「ありがとう」

と礼を言うと、彼女たちと一緒にゲルに戻《もど》った。

†

ゲルに戻ると、長老の一家と食事を取る。

長老はぷるぷる震えながらシチューを口に運ぶが、残さず全部食べた。まだまだ長生きしそうだ。

全員が食事を終えると、僕は代表して長老に尋《たず》ねた。

「アイーシャから聞いていると思いますが、僕たちは草原のダンジョンにある聖なる盾《たて》を求めてやってきました」

「……聞いておる。いや、聞かなくても分かる。おぬしのような勇者がいつかやってくると思っていた」

「残念ながら僕は勇者ではないのです」

「そうか。聖痕《せいこん》はないのか。しかし、わしは勇者に必要なのは聖痕ではなく、その心構えだと思っておる」

「僕の父も似たようなことを言っていました」

「だろうな。しかし、まあ、今回、勇者かどうかはどうでもいい。聖なる盾は勇者専用装備ではないからな」

「それは助かります。聖なる盾とはどのようなものなのでしょうか？」

「聖なる盾はかの聖魔《せいま》戦争の折、神々が聖なるものに与《あた》えたアーティファクトのひとつじゃな」

「アーティファクト、神の創造物ですね」

「そうじゃ。なんでも他者を守ることができるだけでなく、攻撃《こうげき》することもできる盾とか」

「……変わった盾ですね」

「じゃな。まあ、実際にこの村のもので実物を見たものはいないから伝承になるのじゃが。しかし、それでもあのダンジョンの奥深くに聖なる盾があるのは事実じゃ」

「……聖なる盾か」

　ぽつりと漏《も》らす。

　短剣使いの僕としては盾はそんなに重要な装備ではないのだが、それでもルナマリアが欲《ほっ》しているのはありありと分かった。

　先ほどから長老の言葉を聞き漏らすまいと前のめりになっている。

　彼女は僕のことを勇者、いや、大英雄《えいゆう》になると思っており、それに相応《ふさわ》しい装備がほしいようだ。

　僕としてはローニン父さんにもらったミスリルダガーだけで十分なのだが、ときには盾も必要になるかもしれない、と自分を納得させる。

（いつか強大な敵と対峙《たいじ》したとき、敵の攻撃から仲間を守れるかもしれない）

　そんな未来を思い描《えが》いた僕は、長老に頭を下げ、草原のダンジョンの場所を尋ねた。

長老はこくりとうなずく。

「いいだろう。草原の民《たみ》以外に持って行かれるのは癪《しゃく》ではあるが、どうせならばおぬしに持って行ってほしい」

長老はそう言い切ると、ダンジョンの場所を地図に記載《きさい》してくれた。

「ここから西に数里行ったところにダンジョンはある。アイーシャを案内役として連れて行くがよい」

長老はそう言うと、僕を軽く抱《だ》きしめる。

「草原の風がおぬしらを守ってくれますように」

どうやらそれは旅立ちのときのおまじないらしい。

長老の気遣《きづか》いに感謝の念を述べると、僕たちは馬で草原のダンジョンに向かった。

草原のダンジョンはジュガチ村の西方にある。

特に隠《かく》されているわけではないようだが、その入り口は慎《つつ》ましいらしい。

壮大《そうだい》な高原にぽっかりと口を開けていても、素人《しろうと》にはなかなか見つけられないようだ。

「草原の民の案内がなければまず見つからないでしょうね」

とはアイーシャの言葉である。

彼女は続ける。

「まずはそれが第一の試練でしょうか。草原の民の信頼《しんらい》を得る。ウィルさんはそれをなんなく成し遂《と》げました」

「第一ってことはまだあるんだね」

「そうですね。第二の試練はダンジョンの最下層まで行くこと、たしか第五階層まであるはずです」

「横に広がる空間にもよりますが、結構、深いですね」

とはルナマリアの言葉だった。

リアは草原を見渡《みわた》し、ため息をつきながら言う。

「こんだけふんだんに土地があればいくらでも横に拡張できそう」

不吉《ふきつ》な予言だが、根拠《こんきょ》がない予言ではない。

その辺をアイーシャに聞くと、彼女は首を横に振《ふ》る。

「ダンジョンはそれほど広大ではないそうです」

「それは助かるわ」

安堵《あんど》するリア。

「ですが、最下層では第三の試練が待ち構えています」

「それが例の守護者《ガーディアン》だね」

「はい」

と真剣《しんけん》な表情でうなずくアイーシャ。

「どのような姿形をしているかは村にも伝わっていませんが、とても強力な守護者《ガーディアン》のようです」

「それは怖《こわ》いね。倒《たお》せるといいけど」

「大丈夫《だいじょうぶ》ですよ。ウィル様は無敵です」

ルナマリアは言う。

リアも続く。

「ま、うちのウィルなら余裕《よゆう》っしょ。邪神《じゃしん》、魔神《まじん》クラスでようやく手こずるかな、って感じ」

それは過大評価の見本だよ、と言いたいが、それは無視して僕は言う。

「――あの岩穴が草原のダンジョンに続く道かな」

アイーシャに尋ねると、彼女はうなずく。

「はい、そのようです。よく気が付かれましたね」

目をぱちくりさせる。

「かなりの距離《きょり》がありますよ。草原の民でもそんなに目は良くないかも」

「僕は魔術の神ヴァンダルという父さんに鍛《きた》えられた。読みたい本を取り上げられて、数十メートル先に置かれ、それを読めって修行があったんだ」

「……すごい修行ですね」

呆れるアイーシャ。

「集中力が極限に高まれば、魔法を使わず《遠見》が発動できるようになるのさ。ヴァンダル父さんは魔法は至高だと言っていたけど、万能《ばんのう》ではないとも言っていたから」

常に魔法を使えるとは限らない、が、ヴァンダル父さんの口癖《くちぐせ》であった。

「素晴らしいお父様です。実際、冒険《ぼうけん》に役立っております」

とはルナマリアの言葉であるが、実際、役に立っている。

ヴァンダル父さんは偏屈《へんくつ》な魔術師であるが、実践《じっせん》をおろそかにするような愚物《ぐぶつ》ではない。研究は研究、実践は実践と分けており、机上《きじょう》の空論の空《むな》しさをよく知っている人物だった。若い頃《ころ》は、魔法の真理を究《きわ》めるかたわら、世界各地を冒険し、アーティファクトや魔法書を収集していたらしい。

僕はそんな冒険の神髄《しんずい》を知っている神様から様々なことを学んだのだ。

それはとても幸運なことであった。冒険が楽になるし、共に旅をする仲間の危険を回避《かいひ》できる確率が高まるからだ。

僕は道案内をしてくれたアイーシャに別れを告げる。

「道案内はここまでで十分だよ。急いで帰れば夕刻までには村に着けるだろう。気をつけてね」

アイーシャは叶《かな》うことなら洞窟《どうくつ》内部まで、と思っていたようだが、大人しく村に帰ることを納得してくれた。帰る前にごそごそと包みを出してくれる。

「これはお弁当です。夕食にでもお食べください」

見ればサンドウィッチのような料理であった。具はハムではなく、羊肉だ。とても美味《おい》しそうだ。

「ありがとう、アイーシャ。必ず聖なる盾を持ち帰って君に見せるよ」

「ご武運をお祈《いの》りしています」

と、そのまま馬を走らせ、小さくなっていくアイーシャ。

僕たちは彼女の姿が消えるまで見送るが、リアが茶々を入れる。

「ウィルは天然ハーレム体質よね」

なにを根拠にそんな発言を、と思ったが、彼女は説明する。

「普通《ふつう》、聖なる盾を持ち帰って村に戻るよ、だけど、ウィルの場合はさらっと『君』に見せるよ、だもの。知らず知らずに女を惚《ほ》れさせるわけよ」

「それはうがち過ぎというか、考え過ぎのような」

と抗弁《こうべん》しながらルナマリアを見つめるが、彼女も僕を見つめている。いや、彼女の場合は僕のことを聞いている、か。

「――たしかにウィル様はそういうところがありますね。どのような女性にも等しく優しく、紳士《しんし》的です。野獣《やじゆう》のような男性もいるなか、その態度は多くの女性に好感を持たれるでしょう」

ルナマリアまで僕を、と思わなくもないが、ふたりはそれ以上、茶化さない。

草原では動物たちを散見したが、ダンジョンが迫《せま》ってきたからだ。

ぽっかりと口を開けたダンジョンが迫《せま》ってきたからだ。不思議とこの周辺には一匹《いっぴき》もいなかった。

一帯は奇妙《きみよう》な空気に包まれている。

「さすがは草原の民の中でも選ばれしものしか訪れることができないダンジョンだな。威《い》圧《あつ》感がある」

そう評すると、僕たちはダンジョンの中に入った。

第二章　聖なる盾《たて》

†

ダンジョンに入ると、ルナマリアが松明《たいまつ》を取り出し、それに火を点《つ》ける。

その動作があまりにも自然だったので、僕たちは違和感なくそれを受け入れるが、よくよく考えたら彼女は明かりがいらない。

そんな中、率先して明かりを点けてくれる気遣《きづか》いはありがたいものだった。

彼女はにこりと謙遜《けんそん》する。

「生まれてからずっと光がなかったわけではありません。ですので暗闇《くらやみ》の恐怖《きょうふ》はよく知っています」

自らの意思で光を絶ったとき、彼女は混乱し、困惑《こんわく》したらしい。

それまで見ていた視覚という情報が遮断《しゃだん》されたとき、彼女は恐怖を覚えたという。

右も左も、上も下も、他人も自分さえも分からなくなるというのは恐《おそ》ろしいことだったという。

「――しかし、それも最初だけ。視覚を失った代わりに聴覚《ちょうかく》が鋭《するど》くなりました。神は鋭敏《えいびん》な知覚を私に授けてくださったのです」

「耳が良くてもそんなに役に立たないでしょ」

とはリアだが、「そんなことはありません」とルナマリアは首を横に振る。

「ウィル様、それにリアさん、見ていてください」

――彼女はそう前置きすると流れるような動作で続ける。

足下《あしもと》にある石を投げる。その音を静かに聞く。

「こうして音の反響《はんきょう》を調べれば洞窟の大きさ、構造が大体分かります。その先は右に曲がるべきです。左は行き止まりですので」

ルナマリアがそう宣言したので、リアは左に向かう。

なんでも真実か確かめたいようだ。

「意地悪じゃないのよ、ほら、ダンジョンの行き止まりって宝箱があることが多いし」

とのことだが、このような浅い階層の宝箱はすでに回収済みだと思う、と言っても彼女は気にしない。

そのまま左に向かい、行き止まりにぶつかる。

「す、すごい」

珍《めずら》しくルナマリアを尊敬の瞳《ひとみ》で見つめる。

「……と、このようにダンジョン攻略《こうりゃく》は私の得意とするところですから、道案内はお任せください」

その言葉に僕とリアはうなずく。さすがにリアももう難癖《なんくせ》は付けない。

「さくっとダンジョン攻略できるのならばそれに越《こ》したことはないわ」

と手のひら返しのリア。なんでもダンジョンは陰気《いんき》だから嫌《きら》いなのだそうだ。

彼女らしいと思ったので、突《つ》っ込みは入れずにダンジョンを下る。

第一階層は意外と狭《せま》く、迷路のようになっている、

ただ、階層を下に行くごとに広くなっていくそうだ。そうなれば大型のモンスターとも遭遇《そうぐう》するかもしれない。

そう思った僕たちは、夜と思われる時間にキャンプを張る。

早めに就寝《しゅうしん》し、体力を維持《いじ》するのだ。

「時間制限がある旅ではありません。ゆるりと行きましょう」

とはルナマリアの言葉だった。

彼女はゆったりと、だが効率よくお湯を沸《わ》かすと、皆《みな》に茶を振る舞《ま》う。

それを飲み、身体《からだ》を温めながらアイーシャにもらったサンドウィッチを口に運ぶ。

「美味《おい》しいね。羊肉に塩胡椒《こしょう》というシンプルな味だけど、その分、素材の旨《うま》みを味わえる」

「ですね」

ルナマリアは微笑《ほほえ》みながらはむはむとサンドウィッチを口に運ぶ。

リアは豪快《ごうかい》に口に運ぶ。かなりの早食いだから、ぼろぼろとこぼす。

両極端《きょくたん》の食べ方だが、どちらも美味しそうに食べているのでいいと思った。

その後、皆で張ったテントの中で川の字になって寝《ね》る。僕は真ん中だ。

僕が端《はし》に寝るとどちらがその隣《となり》で寝るか、ふたりは喧嘩《けんか》を始める。ならば最初から真ん中で寝たほうが余計な議論に巻き込まれずに済むと思った。

それは正解で彼女たちは大人しくそれぞれに寝床《ねどこ》についた。

静かに眠《ねむ》ってくれるようだ。ただし、リアが抜《ぬ》け駆《が》けし、僕の布団の中に手を伸《の》ばし、僕の左手を握《にぎ》ると、ルナマリアも対抗《たいこう》して右手を求めてくるが。

まあ、手を握って寝るくらいならば問題はない。ミリア母さんも一緒《いっしょ》に寝るとき、よく手を握ってくれた。

女性とはそういうものなのだろう、と自分を納得させると、両者の手を握り締《し》めて寝る。

ルナマリアもリアも満足して眠りにつくが、この方式にはひとつだけ問題があった。

（……顔がかゆくなっても掻《か》くことができない！）

思わぬ難点に辟易《へきえき》したが、ふたりの女の子の安らかな寝息《ねいき》が聞こえてくると、そんなにも悪い状態ではないと気が付く。

（まあ、いいか、僕も朝までぐっすり眠れそうだ）

眠りの妖精《ようせい》が僕にもやってきたことに気が付いた僕は、妖精に身を任す。

その後、朝まで熟睡《じゅくすい》することができた。穏《おだ》やかに眠ることができた。

ただ、朝、起きるとリアが僕を抱《だ》き枕《まくら》のように抱きしめていた。

豊満な胸が僕の顔を圧迫している。

というか息苦しくて起きたのだ。

「てゆうか、これって既視感《きしかん》があるな……」

と、つぶやくと、テーブル・マウンテンでの日々を思い出す。

「……そうだ。母さんと寝るといつもこの状態で起こされる」

朝、起きると胸で圧殺されそうになるのが山での日常風景だった。山を出ればそのような心配はなくなると思っていたが、まさか下界でも酸欠の心配をしなくてはならないとは……。

歴史は繰《く》り返す、とはこういうことなのだろうか。

ただ、こういう状態には慣れているのでリアの谷間からそうっと逃《のが》れると、僕はそのまま先に起き出しているはずのルナマリアのもとに向かう。

朝食の準備をしているだろう彼女の手伝いをしたかったのだ。

薪《まき》に火を付けようとしている彼女の代わりに《着火》の魔法《まほう》で火を付けると彼女は喜んでくれた。

「ウィル様が着けてくれた火です、大切に使わないと」

と言う。

火ぐらいいくらでも着けてあげるのだが、彼女らしいものいいだと思った。

その後、皿を用意したり、彼女のお手伝いをする。

何事もなく朝食を食べられると思ったが、朝食が出来上がると、ルナマリアは言った。

「そろそろ、リアさんを起こしてきてください、ウィル様。ただし、胸を触《さわ》らずに」

にこにこと言うルナマリア。どうやら彼女はリアが僕を抱き枕にしていた件を知っているらしい。

か。
――嫉妬《しっと》、ではないだろうが、ちょっと怒《おこ》っているような気もするのは気のせいだろう
このようなとき、どのような台詞《せりふ》を発すればいいのかは分からない。魔術の神とてこの
ようなときに相応《ふさわ》しい言葉は教えてくれなかったのだ。
だから僕は「無難」に「沈黙《ちんもく》」という選択肢《せんたくし》を選ぶと、静かにリアを起こした。
無論、彼女の身体には指一本触《ふ》れず、声によって。
彼女は僕とルナマリアの心を知ってか知らずか「ふぁーあ……」とあくびをしながら起
きると、
「朝食のメニューはなに？」
と言った。

†

朝食のメニューは堅焼《かたや》きパンにコンソメ・スープである。
リアはその粗末《そまつ》さを嘆《なげ》いたが、ダンジョン攻略の旅は長い。最初から貴重なベーコンな
どを使うなどもっての外《ほか》であった。
「最初に豪勢《ごうせい》にいってどんどん減らす手法もあるでしょうに」

とはリアの言葉だが、このパーティーのモットーは質実剛健《しつじつごうけん》、転ばぬ先の杖《つえ》なのである、と伝えると、キャンプを畳《たた》み、そのまま階層を下った。

ルナマリアの指摘《してき》通り、第二階層は第一階層よりも広い。

第一階層は、じめっとした自然の洞窟《どうくつ》という感じだが、第二階層からは舗装《ほそう》された道も散見される。

「人の手が入っているね、明らかに」

「ですね。もしかしたら古代人たちの聖域だったのかもしれません」

とルナマリアは言うが、それもあくまで推測だった。それを調べるよりも先に敵が襲《おそ》ってくる。

遠くから「キキィッ!」とやってきたのは、大蝙蝠《こうもり》の集団であった。

「ジャイアントバット!」

ルナマリアがそう叫《さけ》ぶ。

「大蝙蝠ってやつだね」

「そうです。ダンジョンの定番モンスターです」

「蝙蝠は草食性のことが多いけど」

「こいつらは吸血性です」

「なるほど、蚊《か》くらいの大きさだったら血くらい与《あた》えてもいいけど、こいつらに吸われたら干上がってしまいそうだ」

ジャイアントバットの大きさは全長一〇〇センチはある。そんな輩《やから》に嚙《か》まれたら痛いどころでは済まない。

そう思った僕は短剣《たんけん》を取り出すと、横なぎの一撃《いちげき》を放つ。

ミスリル製の短剣はすうっとジャイアントバットを切り裂《さ》いたが、一匹倒《いっぴきたお》したところで彼らの戦意、いや、食欲《しょくよく》はくじけないようだ。

全滅《ぜんめつ》させるしかない、と僕は二匹目を殺すが、二匹目を倒《たお》すと三匹目、四匹目が現れる。

それらはルナマリアとリアが倒すが、その様子を見て僕はなにか厭《いや》な予感を覚える。

「……こいつらって僕らの血を求めているんじゃなくて、なにかから逃《に》げてきたんじゃ？」

「なにかから逃げるって？」

リアは五匹目のジャイアントバットをフレイルで叩《たた》き潰《つぶ》している。

「それは分からないけど、ダンジョンの奥になにかいるのかも」

と言うと、下の階層から、

「ぐぉぉぉぉおおおおおおん!!」

という音が聞こえた。

大型の獣《けもの》が叫ぶような声だ。

「ウィル様の予感は的中です。第三階層になにか潜《ひそ》んでいるようですね」

「とんでもない大声だったわね。まったく、面倒《めんどう》なダンジョンね」

リアは吐息《といき》を漏《も》らすが、ここで撤退《てったい》しよう、とは言わなかった。

「まあ、ここまできたら最後まで行かないとね。それにウィルならばどんな魔物も倒せるでしょう」

あっけらかんと言う。

ルナマリアも僕に信頼《しんらい》を置いてくれているようだ。

「ウィル様ならばどのような困難にも打ち勝つことでしょう」

と微笑んだ。

頼《たよ》られるのは嬉《うれ》しいことだけど、階層をまたいで咆哮《ほうこう》を響《ひび》かせる化け物と戦うのはさすがに緊張《きんちょう》する。

第三階層にいるということはこのダンジョンの守護者《ガーディアン》ではないだろうし、なるべくなら戦闘《せんとう》を避《さ》けたかった。

僕は戦闘を回避《かいひ》するため、先にひとりで第三階層に降りて偵察《ていさつ》を行う。

第三階層はこれまでの階層とは打って変わってフィールド・タイプのダンジョンだった。特に変わったところはないが、だからこそ念入りに偵察を行う。情報の多寡《たか》こそが勝敗に直結するからだ。

異世界のソンシと呼ばれる兵法家が提唱した言葉にこういうものがある。

「敵を知り、己を知れば百戦危《あや》うからず」

つまり敵と戦うときは情報収集を余念なく、という意味である。

単純で当たり前の警句であるが、思いの外、これができない人が多いらしい。魔術の神ヴァンダルは嘆いていた。

「ウィルよ、お前は最強クラスの力を持っているが、ゆめゆめ油断するなよ。どのような大英雄《えいゆう》になっても死は常にお前の側に控《ひか》えている。魔王を討伐《とうばつ》した勇者がその帰りにスライムに倒された。隣国《りんごく》との戦争に勝った英雄が、帰国《きこく》の途中《とちゅう》、暗殺者に殺された。天下一の武芸者が武を極《きわ》めた翌週、風邪《かぜ》を引いて死んだ。そんな話は枚挙にいとまがない」

僕はソンシもヴァンダルも尊敬していたので、彼らの流儀《りゅうぎ》を尊重する。使わせてもらう。

というわけで《透明《とうめい》》の魔法をかけ、第三階層にいるはずの化け物を捜索《そうさく》する。

あのような咆哮を放てるのだから、相当、大きな化け物のはずだ。探すのは苦労しないだろうと思った。

案の定、苦労はしなかった。

ダンジョンをさまよう大型の四本足を捕捉《ほそく》する。

「……あれはキメラか」

ダンジョンにキメラとは珍《めずら》しい。

キメラとは複数の魔物を合成した人工的な魔物である。たいてい、闇《やみ》落ちした魔術師が作るものだが、自然のダンジョンにはいない。

「つまりこのダンジョンはやはり人の手が入っているんだな」

古代の魔術師が番兵代わりに配置したのか、あるいは近代の魔術師がこのダンジョンに実験場でも作っていたのだろう。

どちらかは判断できないが、相手が強敵であるとは判断できた。

「あのキメラはオーソドックスタイプだな。身体《からだ》と頭は獅子《しし》、尻尾《しっぽ》は蠍《さそり》、翼《つばさ》は蝙蝠か」

魔術の教科書に出てきそうな典型的なキメラだが、得てしてああいう基本的なやつのほうが強い、とはヴァンダルの言葉である。

「物事には理由がある。槍《やり》が長いのも、斧《おの》が短いのも。包丁が槍のように長ければ困るだろう」

たしかにその通りだ。強靭《きょうじん》な獅子の身体、強力な蠍の毒、漆黒《しっこく》の蝙蝠の翼、すべては理にかなっていた。

正面からキメラと戦う愚《おろ》かさを悟《さと》った僕は、やはり戦闘を避けることにした。

†

第三階層にいるのが強力なキメラであることを確かめた僕は第二階層に戻《もど》り、ルナマリアたちに詳細《しょうさい》を報告する。次いで彼女たちにキメラとの戦闘を回避する旨《むね》を伝える。

「さすがはウィル様です。英断です。真の英雄は決して無駄《むだ》な戦闘はしません」

さすウィルが長くなりそうなのでそこで言葉を止めてもらうと、僕はリアにも視線を向ける。

「もちろん、ウィルの意見には賛同するけど、こちらが戦いたくなくても向こうには三人分の闘争心《とうそう》があるかもよ」

「だろうね。キメラからみれば僕たちは盗掘《とうくつ》者であり、餌《えさ》だ。見かければ襲ってくるはず」

「透明化してごまかす？」

「キメラは鼻がいいから無理だと思う」

「じゃあ、どうするの？」

「僕に考えがあるのだけど、手伝ってくれる？」

「もちろん、手伝いますわ。なんなりとご命令を」

ルナマリアはうやうやしく頭を下げる。リアもなんでもやるわよ、という態度だった。

僕は彼女たちの厚意に甘える。

「それじゃあ、一緒《いっしょ》に第三階層に行ってこのふたつの素材を探してほしい」

「なぜ、素材がふたつ必要なのですか？」

「ふたつの素材を混ぜるとより効き目のある薬を作れるんだ」

僕は彼女たちにメモを渡《わた》す。そこには絵が描《か》かれている。

リアはそれでなにを作るか分かったようだが、ルナマリアは分からないようだ。まあ、目が見えないので当然だが。

「その薬草はとある動物を酔《よ》わせる薬なんだ。それを一緒に探してほしい」

「とある動物を酔わせるのですか？」

「うん、ぶっちゃけるとマタタビだね」

「マタタビですか⁉」

驚《おどろ》きの声を上げるルナマリア。

「マタタビというと猫《ねこ》に与えるとふらふらと酔い出すあれですか？」

「そうだね。それだ」

「たしかにマタタビと同じ効能の薬草があれば猫は酔わせることができますが、相手はキメラですよ」

「でも、身体の九〇パーセントは猫科の獅子だ。ヴァンダル父さんに見せてもらった本には獅子にもマタタビは効くとあった」

「そうなのですか⁉」

信じられません、という顔をするルナマリアだが、最終的には納得してくれた。

「ウィル様がそうおっしゃるのならばきっとそうなのでしょう。それにマタタビが効果なくてもそれはそれ、そのときは作戦を変えるだけです」

こういうときすぐに腹をくってくれる女性は頼《たの》もしい。

リアも試してみる価値はある、と言う。

「でも、ここはダンジョンよ、そうそう都合よくあるかしら？」

その問いには僕が答える。

「第三階層はフィールドタイプのダンジョンが広がっていた。軽く見ただけだけど、植生はテーブル・マウンテンと大差がなかったから、たぶん、あると思う。マタタビ効果のあるこの植物はありふれたものだし」

「へえ、第三階層はフィールドなのね」

ふっしぎー、とは続かない。この世界のダンジョンはなぜかこのような作りになっていることが多々ある。階層の一部が平原になっていたり、森になっていたり、山になっているのだ。

よくよく考えれば不思議なことこの上ないのだが、よくあることなので皆《みな》、慣れきっている。

なぜ、地下に草花があるのか。虫や動物がいるのか。なぜ、地下なのに日が差すのか。

それらは興味深い謎《なぞ》だが、この国の賢者《けんじゃ》たちが何百年掛《か》けても解決できない謎であった。

結局、古代魔法《まほう》文明の遺産ということになっているが、賢者によっては宇宙人が作ったもの、あるいは異世界と呼ばれる場所と交わった空間、と主張するものもいた。

ヴァンダルもその辺を研究しており、僕も関心を抱《いだ》いてはいるが、今はその謎仕様に感謝していた。

「おかげでダンジョンでも新鮮《しんせん》な野菜が手にはいるし、薬草までゲットできるし、いいことずくめだ」

僕はこの世界を作った最初の神に感謝を捧《ささ》げると、仲間と一緒に第三階層に戻った。

第三階層の入り口付近は森になっている。

春の日差しのような太陽光が僕らを包み込む。

ルナマリアは松明《たいまつ》を消し、リアは「うーん!!」と背伸《せの》びをする。

「久しぶりの陽光は気持ちいいわ。たとえ作られたものでも」

「日向ぼっこをするのは後日、今はマタタビの代用となる薬草を探さないと」

「相変わらず糞《くそ》まじめね」

「恐縮《きょうしゅく》です」

「けなしているわけじゃないのよ。あんたらしいと思ったの」

リアは悪意なくそう言うと、じゃあ、二手に分かれましょうか、と提案してきた。

僕は軽く身構えるが、意外にも彼女は自分がひとりでいいと言い出す。

「薬草に関する知識はこの中では私が一番だし、そのほうが効率的でしょう」

真実なのかもしれないが、ルナマリアに視力がないことを気にかけてくれているのかもしれない。

それでいてルナマリアが気にしないように憎《にく》まれ口も叩《たた》く。

「ふん、あんたは鼻が良いから薬草も見つけられるでしょう。早く目当ての薬草を探してくるがいいわ」

たぶん、これがツンデレというやつなのだろう。ヴァンダル父さんの書斎《しょさい》で読んだことがある。

僕とルナマリアは互《たが》いに目を合わせると、くすくす笑いながらふたりで薬草摘《つ》みに出掛《でか》けた。

僕たちが探すのはマタタビ科の植物である。

マタタビとは蔓《つる》性落葉木本のことである。実はマタタビは一種類だけでなく、複数あるのだ。

マタタビ科の植物ならば、大抵《たいてい》、猫を酔わす効果がある。さらにヴァンダル父さんの研究によればマタタビ以外の数種の植物も猫を酔わせる効果があると判明している。

今回はその中でも一番効果があるものを探すのだ。

二種類のマタタビ効果のある薬草を探し、それを調合し、ポーションとするのが今回の目的だった。

その秘策を改めて話すとルナマリアは感心してくれる。

「ヴァンダル様は猫にも見識がおありなのですね。博学です」

「そうだね。ヴァンダル父さんは猫派だった。ローニン父さんは犬派だけど。ヴァンダル父さんはよく野良《のら》猫を拾ってきては使い魔にしていたよ」

ヴァンダル父さんが拾ってきた歴代の猫を思い出す。

「私も猫は大好きです。しかし、拾ってきたのはヴァンダル様だけではないのでは？」

ぎくりとしてしまう。

テーブル・マウンテンの森で僕が子猫を拾った日のことを思い出す。

木陰《こかげ》でみゃーみゃーと鳴く子猫二匹《ひき》を拾ったことがあるのだ。

キジトラに茶虎《ちゃとら》の姉妹だ。

すでに使い魔が五匹おり、これ以上飼えないと言われていたさなかでの遭遇《そうぐう》だったので、拾うか迷ったことを覚えている。

結局、拾って家で飼ってもらえることになるのだが、元々、猫アレルギーのミリア母さんが不機嫌《ふきげん》になったことを思い出す。

「でも、最後まで面倒《めんどう》を見て、天寿《てんじゅ》をまっとうさせたのでしょう？」

ルナマリアは見てきたかのように言うが、それが正解だった。

ヴァンダル父さんもミリア母さんも文句は言ったものの、なんだかんだで猫を可愛がっていた。

「本当、ウィル様はお優しいですね。その優しさがいつか世界を救うと思います」

ルナマリアは心の底からそう言うと優しげに微笑《ほほえ》んだ。

大げさなような気がするが、彼女に褒《ほ》められるのは嫌《きら》いではなかった。

†

このようにして二手に分かれて薬草を探し始めた僕たち。

薬草探しは順調に進む。まず僕が一種類目の薬草を見つけると、それをルナマリアに嗅《か》いでもらう。

彼女は視覚はないが、その分、他の感覚が優《すぐ》れている。くんくん、と犬のように周囲の匂《にお》いを嗅ぐと、同じ薬草を次々と見つける。

「花の香《かお》りは得意なのです。前世はミツバチだったのかもしれません」

ただのミツバチではなく、女王蜂《じょおうばち》だと思う。それくらいルナマリアは気高《けだか》く、美しかった。

そのような手法で薬草を集めるが、二種類目はなかなか見つからない。

もしかしたらここら辺には生えていないのではないか、そんなふうに思い始めた。

「まあ、そのときは一種類で調合するか。効果は弱まるけどないよりはいい」

などと独り言を言っていると、ルナマリアは言う。

「きっとリア様が見つけてくれますわ。彼女は薬草探しの名人です」

「自分でもそんなことを言っていたね」

「はい、自慢《じまん》でも虚勢《きょせい》でもなく、真実ですわ」

「やけに確信のある言い方だね。一緒に冒険《ぼうけん》を始めてまだ日が浅いのに」

「冒険を始めて日は浅いですが、前に一度、会っていますから」

「え？　知り合いなの？」

「一応は」

「そうなのか。そんなそぶり、全然見せなかったよね」

素直に驚いていると、ルナマリアは僕に聞こえない音量でつぶやく。

「……ウィル様は本当にお人が好い。素直すぎるからあのような分かりやすい変化《へんげ》にも気が付かないのですわ」

次いでルナマリアが僕の目を見るので、「ん？」と言うと、彼女は「なんでもありませんわ」と言う。

「ウィル様、このことは内密に。彼女は自分の正体を隠《かく》している節がありますから」

「そうみたいだね。自分の仕《つか》える神も教えてくれないし」

「そうですね。私は彼女の正体に気が付いていますが、しばらく誰《だれ》も気が付いていないという態《てい》でお願いします」

「うーん、分かった。よく分からないけどその通りにするよ」

「さすがはウィル様ですわ」

ルナマリアがいつものように言うと、遠くから女性の声が聞こえる。

「おおーい!!」

彼女は手をぶんぶんと振《ふ》りながらこちらに向かってくる。

件《くだん》のリアだ。

満面の笑みで小脇《こわき》に薬草を一杯《いっぱい》入れた籠《かご》を持っている。

どうやら目当ての薬草を摘んできてくれたようだ。

「地母神の巫女《みこ》様の予言はよく当たるみたいだ。ものはついでだから今日の運勢を占《うらな》ってもらおうかな」

「たまたまですわ。――でも、運勢は占いますね」

ルナマリアはにこやかに微笑むと、真剣《しんけん》な表情を作り直し、神に祈《いの》りを捧げる。

しばしの間、沈黙《ちんもく》が流れる。

「…………」

沈黙するルナマリア。

「その様子だとあまりよくないみたいだね」

「……はい。ですが、今日のラッキーナンバーは分かりました」

「教えてくれる？」

「二だそうです」

「二ねえ」

と、つぶやいているとリアが息を切らせながらやってきて、僕の胸に飛び込んでくる。

「ウィルちゃん、ウィルちゃん、寂《さび》しかったよー。でも、頑張《がんば》って薬草を持ってきたよ。いい子いい子して」

子供か、と思ったが、僕の中でリアは大きな子供と変わらない。彼女の頭を撫《な》でると、さっそく、薬草を煎《せん》じることにした。

「そういえばリアはポーション作りの名人って聞いたけど」

「そうだけど、今日はウィルに任す」

「分かった。治癒《ちゆ》の女神仕込みの腕前《うでまえ》を見て」

と言うとてきぱきと適量の薬草を摑《つか》み、それを煎じる。

黙《だま》ってそれを見つめる美女ふたり。

「……手際《てぎわ》はいいわね。煎じ方も王道」

「王道は万道《ばんどう》。ミリア母さんの口癖《くちぐせ》だ」

「いい女神さんね、きっと巨乳《きょにゅう》で美人の自慢のお母さんでしょ」

「まあね」

と、やりとりしながら薬草を煎じる。二種類の薬草。ひとつは紫色《むらさきいろ》の花でいかにも毒々しい、もうひとつは真っ白な花で清らかだ。しかし事実は逆で白い花には毒があり、紫色の花には毒がない。植物は見た目で判断してはいけないという好例のような花々だった。

薬草を煎じ終える。それを小瓶《こびん》に入れると緑色の液体になる。

「じゃじゃーん、これがミリア流のマタタビ液。これを与えればどんなに凶暴《きょうぼう》な猫《ねこ》もとろんとお腹を見せる」

「すごいですわ、ウィル様。これで勝ったも同然ですね」

「勝つんじゃないよ。戦闘《せんとう》を避《さ》ける道具だ」

「そうでした。しかし、猫には効果ありと分かっていますが、本当にキメラにも効果があるのでしょうか」

「それを試すのさ」

と言う僕だが、実はすでにわくわくモードになっている。

ポーション作りも楽しかったが、ポーションの醍醐味《だいごみ》は実際にそれを使ったあと、効果が出るかに集約される。

自分の経験と理論が実践《じっせん》で通用するか、という学術的興味が僕を支配していた。

この辺はミリア母さんやヴァンダル父さんの子であると実感するところである。

僕は完成したマタタビ液入り小瓶をそれぞれに渡《わた》すと、そのままこの階層の奥にいるキメラのもとに向かった。

リアは、

「遭遇までまだ時間があるわよね」

と腕《うで》を組んでくる。

胸がむにゅっと当たる。

それを聞いたルナマリアも対抗《たいこう》してくる。

彼女の場合はふにゅ、かなとどうでもいい感想を心の中で述べるが、強敵を前にこのようなことをしていると油断しそうだったのでやめるよう諭《さと》そうとする。

――が、結局、彼女たちの行動を許す。

先ほどルナマリアから聞いた予言を思い出したのだ。

「……ラッキーナンバーは二だもんな」

ここで彼女たちを突《つ》き放《はな》すと幸運にも見放されるような気がした。

幸いキメラはこの階層の一番奥、洞窟《どうくつ》部分にいることは確認済み。

そこまではさして強いモンスターには出くわさないだろう。

そう思った僕はそのままふたりを連れてダンジョンを進んだ。

途中《とちゅう》、今にも落ちそうな大岩を見つける。

リアは、

「これを落としてキメラを倒《たお》せないかしら」

と言うが、そう単純にはいかない。キメラは素早い生き物なのだ。かわされてしまうだろう。しかし、キメラよりも大きく、鈍重《どんじゅう》な生き物ならば落石攻撃《こうげき》に使えそうだった。心の中にメモをすると僕は歩調を速めた。

†

フィールドエリアから洞窟部分に入る。

その先にキメラはいる、と口にする必要はなかった。

ルナマリアもリアも、洞窟の奥から放たれる剣呑《けんのん》な空気をすぐに感じ取り、僕の腕を放す。

「……まったく、第二階層にまで咆哮《ほうこう》を響《ひび》かせるだけはあるわね」

　こくりとうなずくのはルナマリア。

「ただならぬ気配を感じます。これはマタタビ液を作って正解かもしれません。普通《ふつう》に戦えば無傷では済みません」

　と言うと三人はそれぞれにポーションを握《にぎ》り締《し》める。

「小瓶三本分しかないな。誰かが当ててくれればいいけど」

「帰りの分は？」

「それはそれで確保してある」

「さすがはウィルね」

「でも、数に余裕《よゆう》がないのは事実だ」

「そうね、狙《ねら》いを定め、キメラの顔付近に当てたい」

　と言っているとさっそく、そのキメラが遠くに見える。

　キメラは遠くからじっとこちらを見つめていた。

「目がいいな。それとも匂いかな」

「私の色香《いろか》を感じているのかもね」

　苦笑を漏《も》らす僕。たしかにリアからはいい匂いがする。香水《こうすい》を付けているようだ。

ダンジョンで香水は危険なのでやめてほしいが、「女がお洒落《しゃれ》をしないのは死ぬのも同義」と言う。

まあ、慣れぬ香水の匂《にお》いを避けるモンスターもいることだろうから、プラスマイナスゼロだと思っておくか。

さて、そのようにやりとりしていると、キメラはゆっくりと近づいてくる。

その足取りには王者の風格を感じる。

「さすがは百獣《ひやくじゆう》の王だ」

「そこにさらに甲殻昆虫《こうかくこんちゆう》の雄《ゆう》、蠍《さそり》。マニアックな蝙蝠《こうもり》も追加しているからね。自信満々なんでしょ」

リアはそう返すが、ルナマリアは珍《めずら》しく冗談《じようだん》を言う。

「前々から思っていたのですが、獅子《しし》の身体《からだ》、蠍の尻尾《しっぽ》までは分かるのですが、なぜ、蝙蝠の翼《つばさ》なのでしょうか？　そこは格好良く猛禽《もうきん》類の翼のほうがいいような……」

「たしかにそうね」

リアは笑う。

僕も笑みを漏らす。

「たしかにそうだけど、たぶん、それだとグリフォンとかぶるからじゃ」

「なるほど、古代の魔術師《まじゅつし》たちもオリジナリティにこだわったのですね」

「そういうことだと思う」

と言い終えると、キメラの動きが速くなる。

どうやら僕たちを完璧《かんぺき》に餌《えさ》だと認識したようだ。

キメラの第一撃を散開してかわすと、僕は言った。

「この階層にはこいつの餌となる大型動物が少なかった。きっと僕たちのことを動く肉のように見ているんだと思う」

「かつてこの国を救った聖者は、最後、崖《がけ》から身を投じ、その肉を飢《う》えた獅子に分け与《あた》えたという伝承があります」

「こんなときになによ。私たちもその例にならえって？」

「まさか。そのような偉《い》大《だい》な聖人を真似ることはできません。しかし、彼の万分の一の徳を見せましょう」

とルナマリアは干し肉を投げる。

キメラはそれに見向きもしない。

「……失敗です」

「当たり前でしょ。干し肉より私たちのほうが明らかに旨《うま》そうなんだもの」

「女の肉のほうが柔《やわ》らかくて旨いとは本当でしょうか？」

「さてね。大抵《たいてい》の動物は雌《めす》のほうが旨いけど」

と言うとリアは小瓶を投げる。

天高く足を突き上げ、華麗《かれい》なフォームを見せる。

「にゅりゃー！　女神式ボール三三号くらえー!!」

よく分からないが異世界の野球という競技をヒントに考え出された投法らしい。が、その大仰《おおぎょう》な名前とフォームとは裏腹に精度は悪い。

明後日《あさって》の方向に飛んでいく。

「……てへぺろ」

と頭を掻《か》きながらごめんなさいをするリア。

彼女は元から戦力に数えていなかったので気にしない。

僕かルナマリアが命中させればいいのだ。

と気を取り直しながら、キメラの攻撃を避《よ》け、《火球》の魔法を唱える。

まっすぐに飛ぶ火球。それはそのままキメラの顔面に直撃するが、燃え上がることなく、キメラは火球を噛《か》み砕《くだ》く。

「……化け物か」

やはり戦闘を避けて正解だった。心底そう思った僕はルナマリアに合図を送る。

火球は効かなかったが、それでも隙《すき》は作れたと思ったのだ。

今こそ、ルナマリアの出番であった。

彼女は見事な動作で小瓶を当ててくれる。

――ことはなかった。

ルナマリアの投球フォームは明らかにへぼい。俗《ぞく》に言う女の子投げというやつで、ひょろひょろとした軌道《きどう》で小瓶は飛ぶ。

コントロールだけはさすがに良かったが、あまりにもゆっくりなのでキメラは難なく避ける。

これで三本中、二本、失ったことになる。

まったく、絶体絶命のピンチであるが、ルナマリアとリアは余裕だった。

その表情、声援《せいえん》は、「ウィルならば必ず命中させる」と言い切っていた。

「ウィル様、頑張《がんば》ってください！」

「ウィル、あなたならできるわ」

まったく、貴重なポーションを無駄《むだ》にした巫女《みこ》様とは思えない態度だが、怒《おこ》りはしない。

ましてや絶望もしない。

要はこの小瓶《こびん》を直撃させればいいのだ。

僕には彼女たちにはない特技があった。

それは剣《けん》の神ローニンに習った剣技と、それに魔術の神ヴァンダルに教わった機転である。

僕は空中にぽいっと小瓶を投げる。その動作はあまりにも弱かったので、リアは驚《おどろ》く。

「そんな力加減じゃ、キメラに届かない」

「それでいいんだよ」

僕はそう言い切ると、空中にある小瓶に向かって剣閃《せんけん》を放つ。

腰《こし》のダガーケースから抜刀《ばっとう》された真銀の短剣は、エネルギーを放出する。

一筋の線が小瓶を捕《と》らえると、小瓶の中の液体を空中に解き放つ。

「な、これは⁉」

驚くリアに答える。

「こうすれば空中に幅広《はばひろ》く散布できる。キメラがちょこまか動いてもどうにでもなる」

事実、空中に散らばった液体は、そのままキメラの顔に吹《ふ》き掛《か》かる。

目にまで液体が入ったキメラは一瞬《いっしゅん》たじろぐが、それもほんのわずかだった。

次の瞬間には、とろん、とした顔をし、地面に寝転《ねころ》がる。

ごろごろと喉《のど》を鳴らし、猫《ねこ》のような鳴き声を上げていた。

その様は大きな猫そのものであるが、ここで魔術の神ヴァンダルの仮説が正しかったことを証明する。

「キメラとはいえ、所詮《しょせん》は猫」

この光景を見たらヴァンダル父さんはさぞ喜ぶことだろう。しかし、彼はここにはいない。代わりに僕はよくキメラの行動を観察する。

あとで日記帳にこの様子を事細かに書き記し、里帰りをしたとき、土産《みやげ》話にするのだ。

きっとヴァンダル父さんは喜ぶはず。そのときの笑顔を想像し、僕は少しだけ幸せな気持ちになった。

†

このように強力なキメラとの戦闘《せんとう》を回避《かいひ》することに成功した僕たち。

ごろごろと喉を鳴らし、お腹を見せているキメラを横目にすると、そのまま横を通り抜《ぬ》ける。

「さすがはウィル様です。戦闘をせずに通り抜けました」

「マタタビがすべての動物に有効だったら戦闘をしなくていいのに」

「そうですね。私は酔《よ》うという感覚がよく分かりませんが、きっと心地よいものなのでしょう」

とありきたりな感想を述べていると、第四階層が見えてくる。

「ふう、これで半分以上進んだわね。あとは第五階層にいる守護者《ガーディアン》を倒《たお》すだけだけど」

「第四階層にもキメラクラスのモンスターがいるかも」

「怖《こわ》いこと言わないでよ。そういうのは口にすると実現しちゃうでしょ」

「すみません」

「まあ、怒ってないけど。ところで第四階層はどんなところ？」

ルナマリアは「待ってください」と耳を澄《す》ます。

「――音が聞こえます。これは川のせせらぎですね」

「ということはここには川があるのか」

「はい。水が溜《たま》っているような箇所《かしょ》もあるようですね。おそらく、湖でしょう」

「なるほど」

湖、川、と聞くと僕の気分は高揚《こうよう》する。

「水遊びが好きなのですか？」

ルナマリアが尋《たず》ねてくる。

「嫌《きら》いではないけど、それ以上に釣《つ》りが好きなんだ」

「まあ、釣りが趣味《しゅみ》なんですか」

「趣味じゃないわよ。生きがいよ」

　とはリアの言葉だが、その通りだった。

「山では本を読むか、剣を振《ふ》るうしかすることがなかったんだけど、釣りができる場所もあったからよく行ったんだ。山中の釣りポイントを熟知しているよ」

　一度、朝から晩まで釣りをしていてミリア母さんに怒られたことを話す。

「それはすごいですね。そうですわ。今からテントを張りますから、魚を釣ってきてくれませんか？」

「いいの？」

　僕は顔を紅潮させる。

「いいの？　ってすでにリュックサックの釣り竿《ざお》に手を伸《の》ばしているじゃない」

「あ、本当だ」

「まったく、本当に釣りバカなんだから。まあ、いいわ。私とルナマリアでテントを設営しているから、その間に立派な晩ご飯を釣ってきてちょうだい」

「うん！」

と元気よくその場を離れる。

その光景を見たルナマリアとリアはお互《たが》いの表情を観察する。

どちらの顔も男の子はこれだから、という表情をしていた。

「まったく、男って趣味になると俄然《がぜん》張り切るわね」

「そうですね。いつも生き生きとしていますが、釣りと聞いたときのウィル様は格別です」

「昔からそうなのよね、まったく。さて、夕食の準備をしましょうか」

「無論、しますが、ウィル様がなにを釣ってくるか分からないとなにもできません」

「どうせ坊主《ぼうず》よ」

「ウィル様は釣りが下手《へた》なんですか？」

「そういうわけじゃないわ。釣りっていうのはほぼ運で、そこに魚がいるか、魚がお腹を空かせているか、なのよ。この釣り場の情報はないし、釣れない確率のほうが高そう」

「そんなことはありません。きっとウィル様ならば立派な鱒《ます》を釣り上げると思います」

「賭《か》ける？」

「いいですよ」

「じゃあ、あなたの予言が当たったら今夜、あなたがウィルの隣《となり》を独占《どくせん》できる、ってことで」

「承知しました。今宵《こよい》は風邪《かぜ》を引かないように気をつけてくださいね」

「言うじゃない、小娘《こむすめ》」

そんな会話をして、ふたりは姉妹のように穏《おだ》やかに笑った。

巫女ふたりがそのようなやりとりをしているとは露知《つゆし》らず、僕は鼻歌まじりに釣り場を探す。

「いや、その前に餌《えさ》かな」

伸縮《しんしゅく》する竿《さお》と糸と針は常備しているが、餌は常備していない。

まずは餌を探す。

第四階層は第三階層と同じく自然タイプのフィールド、草木が生えている。

ということはそこを掘《ほ》り返せばミミズがいると踏《ふ》んだ僕は大地を掘る。

するとやはりいた。腐葉土《ふようど》を掘り返すとミミズがうねうねといる。

女性が見れば悲鳴を上げる量いたが、僕からすればすべてお宝だ。魚との引換券《ひきかえ》のように見える。

というわけで適量、捕《つか》まえると、それを持ってフィールドを歩く。

僕は川を観察する。テーブル・マウンテンでは釣りに明け暮れていたが、釣りのコツは場所選びと言っても過言ではない。

それがすべてなのであるが、さて、ここは釣れるだろうか。

僕は針に餌をつけて川に釣り糸をたらす。

ちゃぽんと音がすると浮《う》きが浮く。

川のせせらぎを聞きながら浮きが沈《しず》むのを待つ。

何分経《た》っても浮きは反応しない。

僕は気長に待つ。

じいっと待つ。

というか僕は釣りが好きと言うよりもこの時間が好きだった。

なにも考えずにただ釣り糸をたらすだけ。

極論を言えば水たまりに釣り糸をたらしてもいいのだ。

僕が求めているのは自然との対話、自然との融和《ゆうわ》なのかもしれない。

そんなふうに自己分析《ぶんせき》をしているが、首を横に振る。

「いけない、いけない」

今日の釣りは趣味の釣りではない。仲間たちの夕飯が掛かった釣りなのだ。真剣《しんけん》にやらねば。

このまま一時間でも二時間でもここでぼうっとしていても苦ではなかったが、僕は竿を引くと、ポイントを変えることにした。

ふやけたミミズは川にぽいっと投げるが、そのミミズを魚が跳《と》びはねながら食べたのは納得いかなかった。

「……まあ、これも釣りあるあるだな」

そんなことを漏《も》らしながら、僕はポイントを変える。

——移動中、二匹の箆鹿《へらじか》を見かける。

箆鹿はテーブル・マウンテンにもいたが、しばし見入ってしまう。

二匹《ひき》の箆鹿は明らかに親子だった。

「……親子かぁ」

思わずそのような台詞《せりふ》を漏らしてしまうが、ホームシックになったわけではない。ただ、ふと自分の出生《ルーツ》を想起してしまったのだ。あの箆鹿の子供にはお母さんがいる。つまり自分にも親がいるのだろうか、と思ってしまったのだ。

もちろん、テーブル・マウンテンには父さんや母さんたちがいるが、彼らは実の親ではない。血縁上の親ではないのだ。ローニンいわく、おまえも木の股《また》から生まれてきたわけではないから、とのことだから、生みの親くらいいるだろう。その人たちがどのような人たちなのか、興味を持ってしまったのだ。

魔術《まじゅつ》の神ヴァンダルは、

「高貴なものたちなのかもしれない」

と僕の両親を予想していた。どことなく僕の顔立ちは気品があるらしい。

豪華《ごうか》な貴族の館《やかた》で談笑する両親を思い浮かべるが、顔までは思い浮かばない。

どうやら僕の想像力はそれほどでもないようだ。

「……ま、いいか」

篦鹿の親子を見たことで少し感傷的になってしまったが、僕の親が誰《だれ》かはどうでもいいことだった。生みの親は分からなくても育ての親たちのことをよく知っているからだ。

下界を観察して分かったが、実の親だろうが育ての親だろうが、愛情を持って育てられる子供のいかに貴重なことか。

愛情深く、そして楽しく僕を育ててくれた神々には感謝しなければならない。

そんなことを思いながら、僕は歩みを再開した。

†

川上に移動し、そこで川藻《かわも》が生えている場所に糸をたれる。

大樹で木陰《こかげ》ができており、いかにも魚がいそうだと思ったのだ。

その分析は見事に当たり、すぐに魚が食いつく。

ぐいぐいと竿がしなるので、竿を上げると、立派な鱒《ます》が掛《か》かっていた。

「おー、これはいい型だ。バター焼きにすれば美味《おい》しそう」

この時点で賭けはルナマリアの勝ちなのだが、僕はそのことを知らない。二匹目、三匹目を狙《ねら》う。

二匹目も鱒、三匹目はナマズが釣れる。どれも美味しそうであった。

このまま何匹も釣りたいが、この辺が潮時だろう。これ以上取っても魚を腐《くさ》らせるだけだった。

「山なら干物にするんだけど、今はそんな暇《ひま》ないしね」

必要以上に殺さない、奪《うば》わない、は山で覚えた大事な掟《おきて》であった。ダンジョンでもその掟を守る。

というわけでその場で内臓を抜《ぬ》き、それを川に捨てると、僕は立派な型の魚を三匹持ち帰った。

魚を見ると、ルナマリアがにこりとし、リアが不機嫌《ふきげん》になったのは、賭けのせいであるが、僕は終始上機嫌だ。やはり、魚が釣れると気持ちいいものなのだ。

などと自己分析しながらルナマリアに魚を渡《わた》すと、

「お疲《つか》れ様でございます、ウィル様」

と喜んでくれた。

リアはさらに不機嫌に言う。

「なんか、新婚《しんこん》カップルみたいなのが気にくわない」

そんなこと言われても困るが、僕は彼女の皮肉を無視すると自分で魚をさばく旨《むね》を伝える。

「実は僕、魚を三枚にさばけるんだ」

「まあ、それはすごい」

「というわけで魚を切るのは任せて」

「分かりました。お任せします。実は私は魚をさばくのが少々苦手で」

感触《かんしょく》と経験だけで魚をさばくのは難しいようだ。

それにルナマリアも女の子、生臭《なまぐさ》い匂《にお》いが手につくのが厭《いや》なのだろう。そう思った僕は喜んで魚をさばく。

魚をさばくコツはよく切れる刃物《はもの》を使うこと。

当たり前のようだけど、これをおろそかにする人は多い。

生臭くなることを嫌《きら》って使っていない錆《さ》びた刃物を使うなど言語道断であった。

というわけで僕はローニン父さんからもらった真銀製の短剣《たんけん》を抜く。

真銀は錆びることはないが、僕は毎日のように研いでいた。それは強敵に出会ったときの備えであるが、もうひとつこのような場合も想定している。

釣《つ》り人たるもの、いつ何時、魚をさばく機会があるか分からないのだ。そのときに錆びた刃物しかないなど恥《はじ》であった。

誰に対しての恥かといえばそれはお魚に対しての恥。

魚釣りとは魚という生命体との戦いであり、命のやりとりでもあるのだ。

魚という生命体の命を奪い、それを頂戴《ちょうだい》するのが釣り。ならば釣った魚は、綺麗《きれい》に、美味しくさばいて食べるのが筋というものであった。

――能書きが長くなったが、一言で言えば、ミスリルのダガーは万能《ばんのう》であった。すうっと魚の肉と骨の間に入る。

東方にある関《せき》の孫六《まごろく》という包丁ばりの切れ味を見せてくれるミスリルダガー。ダガーときっと人間や魔物《まもの》を斬《き》るより調理に使われたほうが嬉しいだろう。

そんなことを勝手に思いながら、鱒を綺麗に三枚におろすと、それをルナマリアに渡す。

ルナマリアはにこにこと鍋《なべ》の中に投入していく。余った部分は酢《す》に漬《つ》けている。マリネにでもするのだろう。

一時間後に出来上がったのが、鱒《ます》のシチューとマリネだった。

どちらもとても美味しい。鱒は良く脂《あぶら》がのっているので、シチューにコクを与《あた》えている。

またマリネとの相性《あいしょう》も抜群《ばつぐん》で箸《はし》が進むことこの上ない。

ルナマリアを褒《ほ》めると、彼女は気恥《きは》ずかしげに、

「素材がいいだけですわ」

と笑った。

「そんなことないよ」

「ありますよ」

「ルナマリアの料理の腕《うで》だよ」

「ウィル様の鱒のおかげです」

押し問答が続きそうだったので、判定をリアに任せる。

彼女は言葉ではなく、行動で判定する。

「……げっぷ」

と女性らしからぬゲップをすると、お代わりを所望。

「料理だけは得意みたいね、あなた」

と言った。

どうやらルナマリアの料理をいたくお気に召《め》したようだ。

ルナマリアもまんざらではなく、

「リアさんに気に入ってもらって良かったですわ」

と言った。

リアはすぐにツンデレになる。

「か、勘違《かんちが》いしないでよね。料理の腕を認めただけなんだからね。それだけじゃ、ウィルのお嫁《よめ》さんには相応《ふさわ》しくないわ」

「分かっております。ウィル様の横にいるためには常に精進《しょうじん》を続けねば」

「分かっているじゃない。さあて、このお代わりを食べたら、ここで野営しましょう。私、見張り番は最初ね」

ダンジョンの危険な階層では見張り番を立てながら就寝《しゅうしん》するのが基本だった。

リアは途中《とちゅう》で起こされるのが厭だから、最初の見張りを申し出てくる。

僕とルナマリアは同意すると、そのまま眠《ねむ》りについた。

ちなみに一番面倒《めんどう》な二番目の見張りは僕が引き受けた。

一番の重労働は男が引き受けるべきだと思ったのだ。

見張りの順番になった僕は空を見上げる。

そこはダンジョンだというのに星空が広がっていた。

本物の星空だ。

どういう理屈《りくつ》だかは分からないが、この第四階層にも空があるのだ。まったく謎《なぞ》である。

いつかその謎を解き明かしたいが、今日は素直に星を見上げた。

昔、ヴァンダル父さんと一緒《いっしょ》に眺《なが》めた北極星を見つめる。

その横にある川馬《ケルピー》の星座を眺める。

川馬《ケルピー》の星座は四つの一等星で構成されているが、それだけで川馬《ケルピー》に似ているとはこれいかに、と当時は思っていた。

だが、今、大人になって。テーブル・マウンテンを旅立ってから見上げる川馬《ケルピー》の星座は違って見えた。

今にも動き出しそうなほど躍動《やくどう》感に満ちているような気がする。

そんな感想を抱《いだ》きながら、僕は一晩中星を眺めていた。

†

キャンプを無事終えると、僕たちはそのまま第五階層に向かう。

そこが終着点であるが、第五階層は普通《ふつう》のダンジョン形式になっていた。

自然地形とかはなく、全部、岩肌《いわはだ》か石畳《いしだたみ》だった。

壁《かべ》一面に棺《ひつぎ》があったり、十字架《じゅうじか》があったりする。

ルナマリアは棺の紋様《もんよう》に触《ふ》れると、ぽつりとつぶやく。

「もしかしたらここは墳墓《ふんぼ》エリアなのかもしれませんね」

「墳墓……古代人のお墓か」

「はい。紋様が神々のものではありませんでした。古代のもののように思われます」

「ますますこのダンジョンが古代魔法《まほう》文明の遺物だと確信したけど、この階層に聖なる盾《たて》はあるんだよね」

「はい、アイーシャの情報が正しければ」

「嘘《うそ》をつくような子じゃないけど、聖なる盾はないみたいねえ」

リアは眉《まゆ》に唾《つば》を塗《ぬ》るジェスチャーをする。

「嘘とは思わないけど、すでに誰かが持って行ってしまったあとかも」

「その可能性は高いですね」

などと言いながら進むと、前方に台座を見つける。

宗教的側面が色濃《いろこ》く出た台座であった。

その上には白銀の盾が置かれている。

「あれは⁉」

リアは目を輝《かがや》かせる。

ルナマリアは耳を澄《す》まし、盾の存在を確認する。

「あれは未知の金属ですね。きっと聖なる盾でしょう」

「材質まで分かるんだね」

「分かります。声の反響《はんきょう》でおおよその材質が分かるのです。木材でも、鉄でも、ミスリルでもない材質です。剛性《ごうせい》と柔軟《じゅうなん》性を兼《か》ね備《そな》えた盾です。きっと素晴らしい力を秘めているでしょう」

ささっ、装備してくださいませ、とルナマリアは勧めてくるが、リアのほうを見ると「遠慮《えんりょ》することはないんじゃない」と言う。

「草原の民《たみ》の宝だとは言うけどさ。別に彼らが作ったものではないでしょうし。それにその盾を正義のために使うならば、その盾も喜んでくれるでしょ」

なるほど、そういうものか。

まあ、このような地下深くまできて目的の盾を持ち帰らないのもなんである。

僕は盾を手に取ろうとするが、ひとつだけ気になることがある。

きょろきょろと周囲を見渡《みわた》す。

「そういえば守護者《ガーディアン》がいない」

「たしかになにもいませんね」

「第五階層には守護者《ガーディアン》がいると聞いたけど」

そのように逡巡《しゅんじゅん》しているとリアは言う。

「伝承が外《はず》れていたか、それともすでに守護者《ガーディアン》は役目を終えたのかもよ。いないならいないでそれにこしたことはないんだから、さっさと盾を装備しなさい」

「分かった」

と僕は盾を持ち上げ、左腕に装着する。

聖なる盾は円形タイプの小型の盾で、手に持って構えるものではなく、二の腕に装着するタイプだった。

「小柄《こがら》なウィルにぴったりね」

とはリアの言葉だが、反論するものもいる。

『体格的にはぴったりだけど、ボクはもっとムキムキな戦士がよかった』

それは申し訳ない、と思ったが、「ん？」ともなる。

「てゆうか、今のなんだろう」

と思って周囲を見渡すが、リアとルナマリアしかいなかった。

一応、彼女たちに問いただす。

「ねえ、リア、ルナマリア、今、なにかしゃべった？」

彼女たちはそれぞれに首を横に振《ふ》る。

「幻聴《げんちょう》かな……？」

と結論づけるが、謎の声はそれは違うと言う。

『幻聴じゃないよ、ウィル』

「わ、また聞こえた!?」

どこからだろう？　と周囲を見渡すと、盾が光っていることに気が付く。

『正解。今、しゃべっているのは聖なる盾であるボクだよ』

「君はしゃべれるの？」

『もちろん、色々と話すことができるよ。なんてったって聖なる盾だからね!!』

「さっき、ムキムキの戦士とか言ってなかった？」

『あれは異性の好みだよ。君だって好みの子以外とも冒険《ぼうけん》してるでしょ』

「たしかに」

リアのほうを見つめる。

「まあ、いいか、聖なる盾だもんね。話せてもおかしくないか」

『お、分かってるじゃん。察しがいいというか、順応性の高い男の子はモテるぞ』

「どういたしまして」

『いえいえ、てゆうか、君は現実を受け入れる能力が高そうだから、正直に話すけど、今、この周りは敵に囲まれているよ』

その言葉で視線をするどくした僕は周囲を見渡す。

たしかにただならぬ雰囲気《ふんいき》を察する。

なにか邪悪《じゃあく》なオーラをまとったものが周囲からにじり寄ってくる。

僕はルナマリアとリアを台座に呼び寄せると、臨戦態勢になるようにうながした。

彼女たちも邪悪ななにかを感じ取っていたようで、それぞれに背中を預けあう。

ルナマリアは言う。

「どうやら守護者《ガーディアン》は盾に触れると現れる仕様だったようですね」

「そうみたいね」

「まったく、狡猾《こうかつ》な仕掛《しか》けだよ、盾を取って喜んでる隙《すき》に囲んでくるんだもんな」

「しかし、オーラを見る限りそんなに強くなさそう」

「……強くはありませんが、その代わり数が多そうです」

耳を澄まし、足を引きずるものたちの数を数えるルナマリア。

彼女の唇《くちびる》からもたらされた数字に軽く絶望を覚える。

「……一〇〇、いえ、二〇〇匹《ぴき》はいるでしょうか」

「全部、アンデッドだよね？」

「そうみたいです」

すでに守護者《ガーディアン》の第一陣《じん》は僕たちを囲んでいた。人間の形はしているが人間ではないものたち。

つまり僕たちはゾンビに囲まれていた。

皆《みな》、足を引きずり、うめき声を発しながら、生者の肉を求めていた。

「普通、守護者《ガーディアン》ってゴーレムとかが基本でしょうに」

「このダンジョンを作った人は死霊魔術師《しりょうまじゅつし》だったのかもね」

「ああ、だからキメラもいたのか」

「まあ、あくまで推測だけど、そんなことはどうでもいいか。問題なのはあいつらをどうするか、だよ」

「あのゾンビちゃんたちね」

「倒《たお》すのに良心の呵責《かしやく》を覚えないのはいいけど、数が多すぎる」

「ひとり頭七〇匹ってところね」

「そんなに私のショートソードの切れ味は持ちません」

「僕も体力のほうが自信ない」

「なにを言っているの。私たちはチーム・ウィルでしょう。私たちに不可能はないの」

と言うとリアは呪文《じゆもん》を詠唱《えいしよう》し始める。

すると彼女の身体《からだ》は聖なる力で包まれる。

彼女はその力を解放すると、ゾンビの集団に放つ。

彼らの足下《あしもと》から光の柱が伸《の》びると、次々と浄化《じようか》されていく。

《死霊除去》、ターンアンデッドの魔法だ。

「ふふん、忘れてもらっては困るけど、私は巫女《みこ》なのよ。聖なる力はアンデッドに強いの」

「…………」

巫女であることをすっかり忘れていた、と口にすることはできない。

僕はルナマリアのほうを見る。無論、彼女のことは常に清らかな巫女と認識していた。

彼女はこくりとうなずくと、《死霊除去》の神聖魔法を唱える。

ルナマリアの魔法のほうが神々《こうごう》しく、効果範囲《はんい》も広かった。

リアはそれを見て頬《ほお》を膨《ふく》らませるが、なんとかなだめると、ふたりは白兵戦の準備を始めた。

ターンアンデッドの魔法で敵を半分に減らしたが、奥の方から増援《ぞうえん》が現れたからである。

今度はスケルトンと包帯男《マミー》の大軍であった。

このダンジョンの守護者《ガーディアン》を作った人物はアンデッドが大好きなようである。

「きっと陰険《いんけん》できもい死霊魔術師だったのでしょうね」

とはリアの言葉だが、その意見には僕も賛成だった。

†

アンデッドの軍勢との戦いは続く。

ルナマリアたちが神聖魔法で半減してくれたアンデッドだが、増援によって空席は埋《う》められる。

彼女たちの魔法も無限ではないので、この辺で白兵戦も交えなければいけない。

まずは僕が飛び込み、アンデッドを切り裂《さ》く。

ゾンビの斬《き》り心地《ごこち》はチーズを切り裂くような感じだった。

魔物や木を切る感覚とは大分違《ちが》う。

すぱすぱと切れるが、死体なので腕《うで》を切っても足を切っても前進してくるのが厄介《やっかい》だった。

軽く横を見ると、ルナマリアはショートソードを振るいながら、接近してくる敵には魔力を送り込み、木《こ》っ端微塵《ぱみじん》にしている。

リアのほうは「うりゃうりゃー！」と言いながらフレイルを振り回していた。

ゾンビたちは、脳どころか身体ごと潰《つぶ》されている。フレイルという武器は鉄球に鎖《くさり》を付けたもので、いわゆる打撃《だげき》武器だ。

重武装の騎士《きし》などに効果を発揮するのだが、アンデッドとの相性《あいしょう》もいい。

脳を破壊《はかい》されるまで前進をやめないゾンビたちを次々と葬《ほうむ》り去る。

この場で一番の戦力は彼女のようだ。

そんなことを思いながら僕も戦う。

ダガーの斬撃よりも魔法のほうが効果的だと思った僕は、《火球》を放ち、アンデッドどもを火葬《かそう》にしていく。

炎《ほのお》が効かない幽鬼《ゆうき》などのモンスターが出てきたら、ミスリルダガーに聖なる力を付与《ふよ》してもらい、切り裂く。

このようにして着実に数を減らしていく。

かなりの数いたアンデッドたちだが、急速にその数を減らす。

このまま戦えば、少なくとも逃《に》げ道は確保できそうであった。

ほっと一息つくと、横やりを入れてくる者がいる。いや、物か。

左腕の聖なる盾《たて》が言う。

『へえ、君ら強いね。守護者《ガーディアン》をここまでぼこぼこにするのは初めて見た』

「恐縮《きょうしゅく》だよ」

『でも、君らは勝てる気でいるだろうけど、このダンジョンの守護者《ガーディアン》の恐《おそ》ろしさはここからだよ』

「まだ増援がくるの？」

「違うよ、数で駄目《だめ》ならば質で。それがこのダンジョンの守護者《ガーディアン》さ」

ふふん、と得意げに盾が言うと、僕たちが倒したアンデッドがうごめき始める。

「これは？」

最初はアンデッドどもが復活し始めたのかと思ったが、それは違うようだ。頭部を失ったゾンビ、粉々にされたスケルトン、魂《たましい》を浄化されたレイスなどが一カ所に集まっていく。

いや、それだけでなく、まだ健在なアンデッドどもも吸い込まれるようにひとつになっていく。

「これが君が言っていた『質』か」

『そういうこと』

というやりとりをしていると、あっという間にアンデッドどもがひとつの塊《かたまり》となる。

そこに現れたのは邪悪なオーラをまとう球体の化け物だった。

球体の至る所に人間の手、足、顔などがあり、中心に大きな目がある。

「あれは？」

盾に尋《たず》ねたつもりだが、答えてくれたのはルナマリアだった。

「……この邪悪な気配。おそらくですが、あれはレギオンかと」

「レギオン……」

「そうです。レギオンとは邪悪な生命体がひとつになった化け物。聖典にも記載《きさい》されているいにしえの化け物です」

「それは強そうだ」

「実際に強いかと」

ごくり、と生唾《なまつば》を飲むルナマリアだが、気になることがあるようだ。

「ところでウィル様、先ほどから独り言が多いようですが」

「あれ？　もしかしてルナマリアにはこいつの声が聞こえないの？」

左腕の盾を見せるが、ルナマリアはきょとんとする。

「いえ、聞こえませんが」

「そうなんだ」

と不思議そうにしていると、聖なる盾は言う。

『ボクの声は装着したものにしか聞こえないのさ。ふふん』

「へえ、そうなのか」

『ちなみにボクを装備できるのはボクのお気にだけ』

「僕のどこを気に入ってくれたの？」

『その優しげなところ。まあ、あとはフィーリング』

そういうものなのか。

まあ、ありがちな設定であるが、気を取り直し、周囲を把握《はあく》する。

死体が消え去り、蠢《うごめ》くアンデッドの数も大分減っている。今ならば逃亡《とうぼう》できそうであった。

『レギオンとは戦わず、逃げだそうとするとは、冷静な判断力だね』

「君子危《あや》うきに近寄らず、三十六計逃げるにしかず」

『博学だね』

「ヴァンダル父さんの受け売りさ」

と言うと退路を見るが、そこにはゾンビの長蛇《ちょうだ》の列《れつ》が。

魔法で一掃《いっそう》したいところであるが、僕の魔力は空《から》に近かった。

ルナマリアとリアを見るが、彼女たちも青息吐息《あおいきといき》だ。

これはまずい、と思ったが、意外な提案をしてくれたのは聖なる盾であった。

『ふふん、ここでやっとボクの出番だね』

「君の出番？」

『ここで、なぜボクが聖なる盾と呼ばれているか教えてあげる。君はボクの噂《うわさ》について知っている？』

「ええと、草原のダンジョンに眠《ねむ》る聖なる盾。あとは呪《のろ》われていて一度装備したら外《はず》れない、だっけかな」

『それは誤解。ボクは呪われてなんかいないよ。装備しても外せる。ただ、そんな誤解が広まったのにはちゃんと理由があるんだ』

彼女？（声は女性なので）はそう説明すると、ボクを思いっきりぶん投げてと言う。

聖なる盾がそう言うのならば、と思った僕は、左腕の盾を外すと、それをフリスビーのように投げる。

すると聖なる盾は轟音《ごうおん》をまき散らしながら一直線に飛んでいく。

直線上にいたゾンビたちの腹に盾と同じ大きさの穴が空く。それも数十体も。

数十体目で貫通《かんつう》力を失った盾は、最後にゾンビの頭部を破壊すると、ゴムでも付いているかのように戻《もど》ってくる。

「な、なにこれ⁉」

リアは驚《おどろ》く。

ルナマリアも驚愕《きょうがく》している。――というか僕も。

聖なる盾は僕のもとに戻ってくると、カチンッ！　と左腕に装着される。

彼女はさも当然のように言う。

『へへん、すごいでしょ。これがボクの実力。どんな武器も通さない防御《ぼうぎょ》力、そしてどんなに遠くにぶん投げても戻ってくる帰巣《きそう》本能。これが聖なる盾と呼ばれる由縁《ゆえん》さ』

どの部分が聖なるかは分からないが、すごい盾ではあるようだ。

僕は改めて左腕にある盾に挨拶《あいさつ》をすることにした。

「僕の名前はウィル、よろしくね」

『ボクの名前はイージス。よろしくね』

盾はにこりと微笑《ほほえ》んだような気がした。

もちろん、盾には表情どころか顔もないが。

ともかく、このようにして僕たちは退路を確保した。

†

出来上がったばかりの屍《しかばね》の道を走る。

無論、最後尾《さいこうび》は僕だ。レギオンと呼ばれる死霊《しりよう》の化け物が追ってくる。

時折、嘔吐《おうと》物のような酸性の液体を吐《は》きかけてきたり、骨の槍《やり》のようなものを投げつけてくる。

僕はそれを盾によって防ぐ。

カキン!

という金属音が聞こえる。

盾の表面を軽く覗《のぞ》き込むが、さすがは聖なる盾、傷ひとつなかった。

『へっへーん、ボクは聖なる盾だよ、この程度の攻撃《こうげき》へっちゃらさ』

それは有りがたいことである。

盾を手に入れたことによって仲間を守ることができた。

嬉しくて仕方ないが、喜びを表情に出すのはレギオンから逃げ切ってからにすべきか。

――あるいは倒してもいいのだが。

というわけで盾を投げつける。

左腕の盾の装着具を緩《ゆる》めると同時に盾を投げつける。

盾はものすごい勢いで飛んでいき、レギオンの中心にめり込むが、レギオンはまったくダメージを受けていないようだった。

慌《あわ》てて戻ってくる聖なる盾。

『うわー、なにをするのさ、ウィル』

「ごめん、君ならば倒せるかと思って」

『聖なる盾もそこまで万能《ばんのう》じゃないよ』

「分かっている。どうやらあいつは知恵《ちえ》で倒さなければいけないようだ」

「……ウィル、頭がおかしくなったの？　さっきから独り言ばかり」

横やりを入れてきたのはリアだった。

心配そうに顔を覗き込んでくる。

いい機会なので聖なる盾のことを話す。

ルナマリアとリアは得心する。

「なるほど、聖なる盾は意思疎通《いしそつう》ができるのですね」

「みたいだね。というわけでなんとかあいつを追《お》い払《はら》いたいけど、妙案《みょうあん》はないかな、と思って」

「あの化け物を倒すには相当強力な一撃が必要です」

「だろうね」

「ウィル様のフルパワーでも倒すのは難しいかと」

「だと思う。でも、そこをなんとかしないと。てゆうか、今、ひらめいたんだけど、第三階層に大岩があったよね」

「ありました。崖《がけ》の上に」

「それを利用すればなんとかなるんじゃないか」

「なるかもしれませんが、ひとつだけ問題が」

「というと？」

「ウィル様はその大岩をレギオンの上に落とそうと思っているのでしょうが、そうそう都合よくはいかないかと」

「たしかにね。レギオンを押しつぶすには、ちょうどいい場所にレギオンを釘付《くぎづ》けにしないと」

「はい、それには誰《だれ》かが囮《おとり》になってレギオンを引きつけねば。無論、そのものは一緒《いっしょ》に圧殺される可能性があります」

「ということは女の子にそれは任せられないね」

「……ウィル様、まさか」

「そのまさかだよ。僕が崖の下であいつを引きつけるから、ルナマリアとリアが大岩を落として」

「それはできません！」

「できるさ。リアは力持ちだから」

そう茶化すと、ルナマリアはさらに声を張り上げる。

「そういう意味ではありません。ウィル様の身を案じているのです。ウィル様はこのような場所で死んでいいお方ではない。レギオンは聖なる盾《たて》の守護者、ここで盾を廃棄《はいき》すれば引き上げていくでしょう。さあ、盾を捨ててください」

「それはできない」

と僕は即答《そくとう》する。

「元々、盾に興味はない。でも、ほんのわずかだけど、この盾と話して愛着のようなものを持ってしまったんだ。だから手放す気はないよ」

「ウィル様……」

『ウィル……』

ルナマリア、それにイージスはつぶやくが、彼女たちの背中を押したのはリアだった。

「ルナマリア！　あんた、なに言っているの？　男がやったる！　って顔で決意しているんだから、女ができることは笑って見送るだけでしょ」

「……リアさん」

「ウィルがやると言ったらやるの。この子は子供の頃《ころ》からやると決めたら絶対にやるし、すべてを成し遂《と》げてきたんだから」

僕が、どうして知っているの？　的な顔をすると、リアは、

「うっさい、風聞《ふうぶん》よ、風聞。あと骨相学よ、手相にもそう書いてある」

よく分からなかったが、この作戦に賛成し、協力してくれることだけは分かった。

リアの弁を聞いたルナマリアは軽くうなずく。

「分かりました。──ウィル様ならばきっと成し遂げる。それに異論はありません」

彼女は大きくうなずきながら了承《りょうしょう》すると、作戦に協力してくれることになった。

「それでは私たちふたりは先に大岩に向かいます。ウィル様が合図をしたらそのまま岩を落としますね」

「そうして。魔法《まほう》で合図する」

と言うとふたりはそのまま駆《か》け出す。

レギオンは彼女たちを狙《ねら》おうとするが、僕は火球を放ち、レギオンを阻止《そし》する。

レギオンの敵意は僕に向かう。

「そうだ、それでいい。このあと岩でぺしゃんこになるまで僕を憎《にく》み続けろ」

そう言うと、僕も第三階層に向かって走り出した。


ウィルと別れたルナマリアとリア。

彼女たちは無言で走るが、ルナマリアは焦燥《しょうそう》感に駆られていた。

（……ああは言ったものの、ウィル様をひとりにして本当によかったのかしら）

今からでも間に合う。動作にそれがにじみ出ていたのかもしれない。リアは振《ふ》り向くとルナマリアを厳《きび》しく叱咤《しった》した。

「ルナマリア！　いい加減しゃんとしなさい。ウィルを信じていないの？」

「もちろん、信じています。しかし、万が一、ウィル様になにかあったらと思うと」

「そのときは一緒に剃髪《ていはつ》をして世界の辺境で一生尼《あま》さんをやってあげるわよ。つまり、絶対にあり得ないということ」

「…………」

「あのね、さっきも言ったけど、ウィルは最強の力を持っているけど、それは腕《うで》っ節《ぷし》ではなく、知恵なのよ」

「知恵？」

「どのような状況《じようきよう》でも諦《あきら》めないこと。どんな不利な状況でも最後まで考え抜《ぬ》くこと。それが神々があの子に与《あた》えた最強の武器よ」

「……最強の武器」

「つまり、あの子は勝算のない戦いはしない。絶対、この作戦は上手《うま》くいくから」

その言葉を聞いたルナマリアは己の弱い心を叱咤する。

リアの言葉を信じる。

いや、ウィルの力を信じる。

「ウィル様はきっとこの窮地《きゆうち》から脱出《だつしゆつ》する！」

そう叫《さけ》んだ途端《とたん》、遠くから信号が上がる。

「あれは《信号弾《だん》》の魔法」

ふたりは視線を合わせるとうなずく。

「合図みたいね。一気に押すわよ」

「はい！」

と言うが、さすがにルナマリアは非力だった。

ルナマリアだけでは岩はぴくりともしない。しかし、リアは違《ちが》った。彼女が、

「ふぬぬー！」

と乙女《おとめ》らしからぬ声で岩を押すと、大きな岩が動き出す。

ずずっ、と音を立て、動き始め、崖の縁《へり》まで動き、そこから落ちていく。

「やったわ！」

「やりました！」

ふたりは軽くジャンプをしながらハイタッチをするが、すぐに互《たが》いがライバルであることを思い出す。

――それでもちゃんと大岩がどうなったか見送る。

ふたりは崖の下に顔を出すと、岩が下に落ちたことを確認した。

残念ながら急に出てきた霧《きり》と砂埃《すなぼこり》によって崖の下がどうなっているかまでは確認できなかったが。

ふたりは互いに顔を見合わせると、急いで崖の下に降りた。

レギオンの死よりもウィルの安否が気になっているという点では、ふたりは共通しているかもしれなかった。

†

ルナマリアとリアが崖の下に降りると、まず目に入ったのは、岩がめり込んだレギオンだった。

ぴくぴくと痙攣《けいれん》しているが、それはレギオンの最後の生命活動であった。潰《つぶ》された部分は修復せず、腐《くさ》り落ちている。

しかしそんなことはどうでもいい。

ルナマリアたちが知りたいのはウィルの安否であった。

ルナマリアたちは手分けをし、ウィルを探すが、周辺に人影《ひとかげ》はなかった。

「……まさか」

厭《いや》な予感がする。

もしかしてこの大岩の下に、そう思って大岩の下を覗《のぞ》き込む、いや、ルナマリアは視覚がないので大岩に集中する。

するとそこにはなにものかがいた。

大岩の下から血が流れていることに気がつく。

それはレギオンの血ではない。レギオンは血を流さないからだ。

「……なにかの間違いだわ」

ルナマリアはやっとの思いで言葉を選ぶ。

「……あり得ない。ウィル様が死ぬなんて」

ルナマリアはそう言うと涙腺《るいせん》を崩壊《ほうかい》させた。

「……ああ、私はなんて愚《おろ》かな女なのかしら。こうなると分かっていれば、どんなことがあってもウィル様を止めたのに」

「……私がウィル様を連れ出したから。あの幸せな山から連れ出してしまったから」

「……魔王なんてどうでもいい。この世界を征服《せいふく》されてもいいから、地母神様、どうかウィル様を蘇《よみがえ》らせて」

ルナマリアが嘆《なげ》いていると、リアがぽんと肩《かた》を叩《たた》く。

彼女は憎まれ口を叩かず、傷心のルナマリアに言った。

「……ルナマリア」

と。

そのまま抱《だ》きしめればふたりの間に友情が生まれるかもしれないが。この場では生まれることはなかった。

むしろ、反目する理由が増える。

なぜならば、リアは大岩の下の死体がウィルではないと知っているからだ。

悲しむそぶりを見せたのはリアの悪戯《いたずら》なのだ。

さすがに悪いと思ったのか、すぐに白状するが。

「てゆうか、あんた、馬鹿《ばか》ね。ウィルがこんなことで死ぬわけないでしょ。あれはキメラの血よ」

「……え？」

ルナマリアはリアのほうを振り向く。

「本当ですか？」

「本当よ、てゆうか、黙《だま》ってたらどんな顔するかな、と思ったけど、そこに流れているのはキメラの血よ、だって緑色だもの」

こういうときって目が見えないと不便よね。

リアはそう漏《も》らすとルナマリアの肩を摑《つか》み、彼女を反転させる。

「あそこに土を掘《ほ》ったみたいなあとがあるでしょう。見てなさい、いや、聞いていなさい。もうじきあそこが動き出すから」

するとと彼女の宣言通り、もこもこと動き始める。

「ま、まさか」

「秘技、土遁《どとん》の術！　――なんちて。まあ、ウィルならばとっさに穴を掘って、そこに隠《かく》れるくらい余裕《よゆう》よ。たぶんだけど、マタタビを使ってキメラを誘《さそ》い出して、キメラとレギオンを戦わせ、その隙《すき》に穴に潜《もぐ》ったんでしょ」

「……ウィル様」

リアの説明など、ルナマリアの耳には入っていなかった。

ぼこぼこと土をかき分ける音に集中した。その数秒後、土の中からにょきっと手が出てくる。ウィルの頭も。

やはりウィルは穴に潜って岩をやり過ごしたのだ。

土まみれのウィルは穴から出ると、レギオンの死を確認し、次にルナマリアたちのほうへ振り向いた。

「なんとか死なずに済んだよ」

だ。

「ウィル様……」

ルナマリアは両目に涙《なみだ》を一杯《いっぱい》ためると、ウィルの胸の中に飛び込んだ。

リアは黙ってそれを遠目に眺《なが》めた。どうやら悪戯《いたずら》の度が過ぎたことを自覚しているよう

土の中から脱出し、ルナマリアと抱き合う僕。
しばし、彼女の柔《やわ》らかさを堪能《たんのう》したが、いつまでもそうしているわけにはいかない。
守護者《ガーディアン》を倒《たお》したとはいえ、ここはダンジョンのど真ん中だからだ。
それにリアは木の切り株に腰掛《こしか》けると、つまらなそうに欠伸《あくび》をしていた。
はやし立てたり、茶化されるよりも、くるものがある。
というわけでルナマリアの肩をそうっと離《はな》すと、このままダンジョンを出よう、という
話になった。
ふたりとしてもダンジョンに長居をする理由はなかったので、その意見は採用される。
こうして僕たちは「草原のダンジョン」を制覇《せいは》した。
コンプリート！

の報酬《ほうしゅう》として手に入れたのは、世にも不思議な戻《もど》ってくる盾《たて》、しゃべる盾だった。

盾はダンジョンを出るとき、もう一度僕に語りかける。

『これからもよろしくね、ウィル。それにそっちのお姉さんたちも』

無論、その声は僕にしか聞こえないが、それでも聖なる盾は僕たちと仲良くやっていきたいようだ。

まだまだ旅は続きそうだし、その気持ちはとても嬉《うれ》しかった。

†

草原のダンジョンを制覇した僕たちはそのままジュガチ村に向かう。

聖なる盾を手に入れたことを報告しに行くのだ。

リアは「そんな義務はないし、気が変わって盾を寄越《よこ》せと言われるかもよ」と言ったが、そんなことはないだろう、と僕とルナマリアは反論する。

「草原の民《たみ》はいい人ばかりだったよ。今さらそんなことは言わないさ」

「そうかしら。私は悪い予感がするのだけど」

「根拠《こんきょ》はあるの？」

という問いには、女の勘《かん》、と言い返すリア。

「…………」

そういうのを当てずっぽうというのだろうが、とりあえず沈黙《ちんもく》しておく。

「私の枝毛占《うらな》いが悪運を告げているのよね。ランダムに一〇本髪《かみ》を選んで二本以上に枝毛があると悪いことが起こるの」

髪の手入れを怠《おこた》っているだけじゃ……、と思わなくもないが、いずれにしても、ジュガチ村に寄らない、という選択肢《せんたくし》はない。

そう思った僕たちはジュガチ村に向かう。

丸一日掛《か》けてジュガチ村に戻ると、村の人々は温かく迎《むか》え入れてくれた。

僕が聖なる盾を手に入れたと知ると、村人たちは諸手《もろて》を挙げて喜んでくれる。

「おお、ついに聖なる盾の正当な持ち主が現れたぞ」

「何百年も村の勇者が挑《いど》み、挫折《ざせつ》した盾を手に入れるとは」

「すごい少年だ、もしかしてこの少年はやがてこの世界を救うのではないか」

その歓迎《かんげい》ぶりを見て、ルナマリアは、「ふふん」と鼻高々に言う。

「リアさんの女の勘も当てになりませんね。盾を奪《うば》われるどころか大歓迎ではありませんか」

「ぐぬぬ」

「枝毛占いは廃業《はいぎょう》し、キューティクル・ケアに励《はげ》むべきです」

とルナマリアは言うが、リアも平和にことが運ぶことを喜んではいるようだ。

「まあ、誰《だれ》にでも勘違《かんちが》いはあるわ」

と村人からウェルカム・馬乳酒《ばにゅうしゅ》を受け取っていた。

僕とルナマリアはロカ茶をもらう。

それぞれ一杯《ぱい》ずつ飲み干すと、長老の家に向かう。

長老は相変わらずぷるぷると震《ふる》えていた。

ただ、彼もやはり僕たちの帰還《きかん》を喜んでくれた。

「さすがはわしが見込んだ勇者だ」

今宵《こよい》も宴《うたげ》を開く旨《むね》を教えてくれた。

毎回、歓待されるのは悪いような気もするが、聖なる盾を持つものをおろそかにするなど、村の恥《はじ》、と言われれば断るわけにもいかなかった。

長老がひ孫のアイーシャに、村中の女に宴の準備をするように伝えよ、と言うと、アイーシャは喜んでそれを伝えにいった。

このようにして僕たちは歓待を受ける。

数時間後に始まった宴は、前回に負けないほど盛大であった。


宴も佳境《かきょう》に入った頃《ころ》——。

僕はそうっと宴の席を抜《ぬ》け出す。

村の青年フラグなどは「主賓《しゅひん》がいなくなっては困る」と赤ら顔で言ったが、ちょっとトイレです、と言うと解放してくれた。

「すぐに戻ってきてくださいよ。もっと英雄譚《えいゆう》を聞かせてください」

そうせがむフラグを背にすると、僕は草むらに向かった。

そこで用を足す。

——わけではなく、ちょこんと座っている少女に話しかける。

ルナマリアだ。

彼女はひとり、宴を抜け出し、空を見上げていた。

無論、彼女は盲目《もうもく》、星空など見えないはずだが。

と思っていると彼女からネタばらしをしてくれる。

「……私は生まれたときから目が見えないわけではありません。幼き頃は目が見えました」

「そのときの記憶《きおく》を頼《たよ》りに空を見ているの？」

「そうです。星空は数万年経《た》たないと変わらないと聞きます」

「らしいね。数万年生きた人はいないから推測らしいけどね」

魔術《まじゅつ》の神ヴァンダルいわく、この世界は球形で太陽を中心に回っているらしい。

その太陽も銀河と呼ばれる宇宙を回っているとのこと。

そのことを話すとルナマリアはたおやかに微笑《ほほえ》む。

「壮大《そうだい》な話ですね。宇宙は何億年も前から存在するとは本当でしょうか」

「そういう話も聞く」

「何億年も前はこの星空とは違った光景だったのでしょうか」

僕は星空を見上げる。

ルナマリアがどの星を見ているか、いや、見ていたかは分からない。

尋《たず》ねれば教えてくれるだろうが、あえて僕は尋ねなかった。

魔術の神ヴァンダルの言葉を思い出す。

「……誰しもが同じ星を見上げる必要はない。それぞれに自分の星を持てばいいのだ」

それを宿星《しゅくせい》という。

ルナマリアのことだから、その宿星は綺麗《きれい》なことだろうが、きっと小さくて可憐《かれん》な輝《かがや》きだろうと思った。

一方、僕の宿星はどうだろうか。

広大な星空の中から探したが、なかなか見つからない。

仕方ないので諦《あきら》めるが、諦めかけた途端《とたん》、僕だけの星が見える。

夜空を眺めていたルナマリア。ふとこちらの方を向くと、その瞳《ひとみ》に光が映る。

月の光を反射したものであるが、その光はどのような一等星よりも光り輝いて見えた。

（……これが僕が探し求めていた星なのかもしれない）

心の中でそうつぶやくと、その後しばらくルナマリアと星を眺めていた。

神々の子と地母神の巫女《みこ》様を遠くから見つめるのはリアという名の少女。

彼女は舌打ちをしながら、

「悪い予感は当たった」

と言うが、ここで飛び出してふたりの仲を邪魔《じゃま》するほど野暮《やぼ》ではなかった。

ただ遠くから、「息子」とそのガールフレンドの様子をやきもきと見つめるが、彼らを見つめているとちょっとした気持ちの変化が。

昔、自分もこのような星空を見たことを思い出したのだ。

神々として邪神《じゃしん》と戦っていた日々を思い出す。

「……そういえばあの日見上げた星空もこれくらい綺麗だったわね」

満天の星。それらを見上げていると不思議と心が穏《おだ》やかになった。

「……ま、いいか。あんないい雰囲気《ふんいき》になっても手すら握《にぎ》らないし」

ウィルとルナマリアは手を握るどころか、人ひとり分、離れて星を見ていた。仲睦《なかむつ》まじい光景であるが、今日明日に自分が祖母になる心配はなさそうだ。

リアはしばし彼らを見つめると、テーブル・マウンテンのほうに視線をやる。

「いつまでも神々が本拠《ほんきょ》を空けるのもね」

寂《さみ》しげにつぶやくと、リアはとある決意を固めた。

†

翌朝、僕たちは目覚めると、先日のように山羊《やぎ》のミルク搾《しぼ》りの手伝いをする。

もちろん、リアは朝食の時間まで起きることはなかったが。

「本当、ものぐさな女の子だな、リアは」

ルナマリアの爪《つめ》の垢《あか》でも煎《せん》じて飲ませようか、と冗談《じょうだん》を言うと、ルナマリアはお腹を壊《こわ》してしまいますよ、と返す。

「でも、僕がよく知っている女性って、ルナマリアとミリア母さんとリアしかいないんだよね」

アイーシャが自分を指さしたので「アイーシャも」と付け加える。

「今のところ二種類の女の子しかいないんだよね。ルナマリア、アイーシャタイプの真面《まじ》目《め》な女の子と、ミリア母さん、リアが分類されるぐーたらな女の子。ちょうど、半々だけど、世の中、どっちが多いんだろうね」

僕の問いにルナマリアは苦笑し、

「どちらでしょうね」

と笑った。

その笑いにはなにか意味が込められているようだが、僕には分からなかった。

そのようなやりとりをしていると、山羊の乳搾りが終わり、朝食の準備を始める。

「ここからは私たちジュガチ村の女の出番です。おふたりはリアさんを起こしてきてください」

承知、とふたりでテントに戻《もど》ると、「ぐがー」とお腹を出しながら寝《ね》ているリアを見つける。

「まるでミリア母さんみたいだ」

「そうですね」

ふふふ、と続けるルナマリア。

僕たちはゆっくりとリアを起こすと、彼女を着替《きが》えさせる。

もちろん、男である僕は着替えに付き合わないが。

カーテンの中で着替えるリアに言う。

「そういえばリア、君はどこまで付いてくる気なの？」

「そりゃあ、お墓の中まで」

「墳墓《ふんぼ》ならばダンジョンで行ったよ」

「たしかに。でも、そういう意味じゃなく、一緒《いっしょ》のお墓に入りたい、って意味」

「東方じゃないんだから、火葬《かそう》して同じ骨壺《こつつぼ》に入ることはないと思うけど」

「それでも隣《となり》のお墓がいいー！」

だだをこねるリア、カーテンを開ける。

一瞬《いっしゅん》、「おわっ」と思ったが、すでに着替え終わったあとだった。

まったく人を驚《おどろ》かせることに掛《か》けては超一流だね、と文句を言うと、彼女は「ふふん、そうでしょ、明日はもっと驚かせてあげる」と言った。

なにをしてくるのやら……と思ったが、どうせ他愛のない悪戯《いたずら》だろう、と思った僕は彼女を無視すると、先に朝食の卓《たく》へ向かった。

食後、僕たちはゆっくりと疲《つか》れを取った。

ノースウッドの街から歩きっぱなしであったし、戦いっぱなしでもあった。

いくら神々に鍛《きた》えられた子とはいえ、疲れが溜《た》まってしまう。それに女性であるルナマリアはもっと大変だろう。

というわけで今日は完全に休養日、なにもせずに過ごすことにした。

だらーっとその場で呆《ほう》けたり、こてーっとベッドで眠《ねむ》ったり、ぼーっと羊を数えていたりする。

すると体力が回復していくのを感じる。英気が満ちていく。

夕方になるとそこら中を走り回りたくなるほどに元気になる。

「よし、これならばいますぐにでも旅に出られそう」

ルナマリアを見るが、彼女も同意する。

「私も大分疲れが取れました。早く旅立ちたいですわ」

「だね」

とリアを見ると、彼女もうなずく。異存はないようだ。

ただどこか心ここにあらずでそわそわしていた。なんでも手紙を書きたいらしい。懐《ふところ》から便箋《びんせん》と筆記用具を取り出し、長老にテーブルを貸して貰《もら》っている。

リアは手紙を書きたいみたいだし、アイーシャももう一晩くらい、と勧《すす》めてくる。体力は回復したが、英気のほうはもう少し回復させる余地がある。そう判断した僕は、今晩だけお世話になる旨を伝える。長老は「もちろんじゃとも」と顎《あご》の白ひげを縦に振《ふ》って同意してくれた。

アイーシャは嬉《うれ》しそうに「わーい」と僕たちの周りを回る。

「一生いてくれても構わないのだぞ」

と長老は言うが、さすがにそういうわけにもいかないので、もう一晩だけお言葉に甘えて、翌朝、僕たちは出立《しゅったつ》する。

朝食を食べてから出る予定だ。

しかし、朝食になっても起きてこない人物がいることに気が付く。リアだ。

まったく、ねぼすけだな、と彼女の布団を剝《は》ぐと、そこにいたのは枕《まくら》だった。

触《さわ》ってみるがぬくもりはない。

どういうことだろう、とルナマリアと顔を見合わせるが、すぐにそれがリアの悪戯であると気が付く。

ただの悪戯ではなく、特大級の悪戯であるが。

枕の下には、

「ウィルへ」

という達筆な文字で僕の名前が書かれた手紙があった。

何事だろう、と思った僕はその手紙を開く。

ルナマリアにも読み聞かせるため、声に出して読み上げる。

「親愛なるウィルへ。

えっちな気持ちになりながら私の布団をはいだかもしれませんが、残念ながら私はそこにいません。

ジュガチ村にもいません。
ですが心配しないでください。
誘拐《ゆうかい》されたわけでも、消えてなくなったわけでもありません。
私はとある神に仕《つか》える巫女と言いましたが、本来、私は神域で暮らしているのです。
神域以外に長期間いることはできない身体《からだ》になっているのです。
ですからいったん、神域に帰り、英気を養ってきます。
てゆうか、また絶対一緒に冒険《ぼうけん》するんだからね!!」

それがほぼ全文であるが、ルナマリアへの伝言もある。

「この手紙を読み聞かせてもらっている小娘《こむすめ》へ。
――いえ、ルナマリアへ。
あなたはウィルの従者です。それを忘れないように。
ウィルのお母様の前に出ても清く正しい従者であると胸を張れる女でいなさい。
以上」

簡潔でツンケンしているが、スプーン一杯《いっぱい》くらいの愛情は感じられた。

その証拠《しょうこ》にルナマリアは「リアさん……」と少しもの悲しげにしている。

僕も寂《さび》しかったが、そのような事情があるのならば仕方なかった。

それにまたいつか会える、と手紙にも書いてある。

これは別れではなく、再会への伏線《ふくせん》である、と思えばあまり寂しくならなかった。

僕は努《つと》めて明るく振る舞《ま》うと、ルナマリアに言った。

「さあ、出発しようか。少し寂しくなるけど、道中の食料の減りの速さの心配はなくなったよ」

「……リアさんは食いしん坊《ぼう》でしたからね」

ルナマリアはにこりと笑うとそのまま旅支度《じたく》を始めた。


――一方その頃《ころ》、ウィルの故郷であるテーブル・マウンテンにて。

剣《けん》の神ローニンは、大木を素手で引き抜《ぬ》く稽古《けいこ》をしていた。

「ふぬー」と力を込めるが、彼は嘆《なげ》く。

「……まったく情けないものだぜ。今日は『たったの一〇本』しか抜けなかった」

見ればローニンの横にはうずたかく積まれた巨木《きょぼく》の山が。

それを遠くから見ていた魔術《まじゅつ》の神ヴァンダルは、ゆっくりと歩み寄るとローニンに言った。

「また無益なことをしているのか」

「……なんだジジイか」

「若造が。自然を壊すな」

「うっせーな、ちゃんと再利用するよ、乾《かわ》かしたらこれでログハウスを作る。ウィルの勉強部屋にしてやるんだ」

「あの子はもう旅立ったぞ」

「んなことはわーってるよ。でも、今、あの女が迎《むか》えに行ってるだろう。俺はあの女は好かんが、あの女の執念《しゅうねん》には一目置いているんだ。きっとウィルを連れて帰るはず」

「……それはどうかな。——というか、噂《うわさ》をすればなんとやら」

魔術の神ヴァンダルは後方を振り向く。するとそこには年頃の少女がいた。

美しく髪《かみ》をなびかせた少女だ。

血塗《ちまみ》れのフレイルを持っている。なんでも道中、イボイノシシを狩《か》ってきたらしい。それを食べましょう、と言う。

まったく、血塗れのイノシシをひょいと担《かつ》ぐとはとんでもない少女であるが、ローニンもヴァンダルも驚きはしなかった。

いや、ローニンだけは少し驚いたか。

無論、血に驚いたわけでも、少女の力に驚いたわけでもない。

「……てゆうか、ミリア、ひとりで帰ってきたのか」

「ええ、そうよ」

「ウィルは連れて帰らなかったのか」

「うん」

あっさり言う。

「約束が違《ちが》うぞ。じゃんけんをして勝ったほうがウィルを連れて帰るはずだろう。俺がじゃんけんに負けたからお前が行ったのに」

「うっさいわね。事情があるのよ。あ、てゆうか、疲れたから変化《へんげ》は解いていい？」

「若作りは魔力を大量に消費するからな」

「うっさいわね」

と言うと先ほどまで少女だったリアが、いや、ミリアが大きくなる。

「ぷはー、一気に胸がきつくなった。私って十代の頃より胸が成長していたのか」

「乳お化けめ」

「うっさい、剣術馬鹿《ばか》」

「褒《ほ》め言葉だな。てゆうか、話を戻《もど》すが、なぜ、ウィルがいないんだ」

「仕方ないでしょう。連れて帰る口実が見つからなかったんだから」

「口実？」

「そう、少しでもつらそうにしてたり、ホームシックになってたりしたら、昏倒《こんとう》させて連れて帰ろうと思ったんだけど、ウィルはどんなモンスターに出遭《あ》っても臆《おく》さなかった。どんな強敵と遭っても目を輝《かがや》かせていた。新しい場所を見つけるたび胸を躍《おど》らせていたのよ。まるで幼い子供みたいに」

「そのようなウィルを連れて帰るなど、どのような神々にも不可能じゃな」

「そのとおり」

と女神ミリアも言い、ローニンも納得はしたようだ。

仮に自分が行っても結果は同じだったろう、と心の中で言う。

口に出しては絶対に言わないローニンであるが、長旅で疲れたミリアをねぎらう気遣《きづか》いはできるようだ。

さりげなくイボイノシシを持つと、そのまま神々の館《やかた》へ戻った。

それを見てミリアは苦笑するが、ヴァンダルが首尾《しゅび》を尋《たず》ねてくる。

「ウィルには正体がばれなかったか？」

「ええ、もちろん、勘《かん》の鋭《するど》い子だけど、それ以上に純粋《じゅんすい》な子だからね」

「たしかに」

「でも、ルナマリアにはバレバレだったみたい。やっぱ、女って怖《こわ》いわー」

と言うと治癒《ちゆ》の女神ミリアは久しぶりの我が家へ戻った。

第三章　宮廷魔術師《きゅうていまじゅつし》アナスタシア

†

　リアと別れた僕とルナマリアは、ジュガチ村にも別れを告げるが、どちらも永遠の別れではないので、寂《さび》しくはなかった。

　僕たちは意気揚々《いきようよう》と街道に向かうが、途中《とちゅう》、あることに気が付く。

「そういえば聖なる盾《たて》を手に入れたはいいけど、今後の目標が決まっていないね」

「目標ならばありますよ。魔王討伐《とうばつ》です」

「……冗談《じょうだん》だよね？」

「冗談です」

　ルナマリアがにこりと言う。

「ウィル様ならば魔王など片手で倒《たお》せるでしょうが、さすがのウィル様もまだ復活していないものは倒せません」

「復活していないものは倒せないよね」

とんちじゃないし、と付け加える。

「そういえば魔王を復活させようとしている邪教《じゃきょう》の集団がいるって話だよね」

「はい、ゾディアック教団と呼ばれる集団です」

「ゾディアック、たしか邪神の中でも主神格だったよね」

「そうです。古来よりゾディアックをあがめる異教徒たちが、ゾディアックを復活させようと企《たくら》んでいます」

「まったく、執念深い連中だなあ」

「そうですね。執念深いです。おそらくですが、今も世界中を飛び回ってゾディアック復活をもくろんでいるはず」

「そうなんだ」

と返事をするが、あることに気が付く。

「あれ？　そういえば初めてルナマリアと出逢《であ》ったとき、襲《おそ》ってきたのが邪教徒だよね」

「はい、そうです」

「あいつらはなんでルナマリアを襲ったの？　ルナマリアを殺しても魔王が復活するわけじゃないのに」

「ああ、それですか。それはですね、私が神託《しんたく》の巫女《みこ》だからです」

「神託の巫女だから？」

「そうです。未来を見通せる力を持っている私は厄介《やっかい》な存在なのです。この力を使い、国王陛下に何度も邪教徒のアジトの場所を報告しました」

「なるほど、それで恨《うら》み骨髄《こつずい》ってわけだね」

「それにこのままだといつかはこの世界を救う救世主を見つけられてしまう、という危機感もあるのでしょう」

「救世主ねえ」

他人事《ひとごと》のように言うとルナマリアはくすくすと笑う。

「ウィル様は希《まれ》にとても鈍感《どんかん》になられます」

「鈍感？」

きょとんとしていると、ルナマリアは説明してくれる。

「その救世主とはウィル様のことです」

「僕が救世主なの⁉」

「はい、出逢った頃からびびびっと感じておりましたが、ともに旅をする内にその予感は確信に変わりました」

「うーん、それは過大評価なような」

「息を吐《は》くように人を助けるその様、他人を思いやるその気持ち、どれをとっても一級品でございます」

「――」

反論しようとしたが、それは無駄《むだ》であろう。

早速《さっそく》というか、彼女の前言を証明することになるかのような光景を目にしたからだ。

「遠方で戦闘《せんとう》が行われているね」

ルナマリアは耳を澄《す》ますと、「――ええ、そのようですね」と言った。

「ここで彼らを助けないと僕が救世主ではないと証明できるのだけど、そんな選択肢《せんたくし》は選べなさそうだ」

「さすがはウィル様です」

ルナマリアがにこりとすると、僕たちは駆《か》け出す。

性懲《しょうこ》りもなく、他人のトラブルを解決しに向かったのだ。

僕たちが向かったのは街道の側にある場所だった。

草原に向かおうとした旅人の一団が盗賊《とうぞく》に襲われている。そう思ったが違うようだ。

ルナマリアは戦場にやってくると、

「ゾディアック教団⁉」

と叫《さけ》んだ。

たしかにこいつらには見覚えがある。黒衣を着た魔術師、黒革の鎧《よろい》を着た戦士、いかにも邪教徒といった感じだ。

するとこいつらと敵対している輩《やから》は正義なのだろうか。

「悪の対義語は正義である。辞書の上ではな」

と言ったのは魔術の神ヴァンダルであるが――。

僕はそれを確かめるため、相手のほうを見る。敵対する側の身なりはよかった。

統一された鎧を着ている。多分だが彼らはこの国の騎士《きし》なのかもしれない。皆《みな》、ミッドニア王国の紋章《もんしょう》を付けている。

彼らの中心にいる人物はちと風変わりだった。

この殺伐《さつばつ》とした戦場に似合わない人物だった。

とても良い仕立てのドレスを身にまとっている。緑の柄《がら》が入ったドレスだ。杖《つえ》も持っており、明らかに女の子の魔術師である。

「中心にいるのは女性ですね」

と、つぶやいたのはルナマリアだった。

「分かるの？」

「はい、物腰《ものごし》でおおよそは」

「さすがはルナマリアだ」

と僕が言ったあとに、その少女は口を開く。

「我らは国王直属の近衛《このえ》騎士団、このようなものたちに後《おく》れは取らない」

静かだが凛《りん》とした声であった。

彼女はそう宣言すると、全身に魔力をまとわせ、《火球》を放つ。

それはまっすぐに邪教徒たちのもとへ飛んでいく。

ひとりの邪教徒が火だるまになるが、仲間たちは気にした様子もなく、少女に斬《き》りかかる。

「――あらあら、火だるまの仲間を見捨てるなんて。これだから邪教徒は」

心底侮蔑《ぶべつ》した表情で言うと、彼女は杖に魔力を込め、それで邪教徒を斬り付ける。

邪教徒は真っ赤な鮮血《せんけつ》をまき散らすが、それが顔に付着した少女は冷徹《れいてつ》に言った。

「邪教徒には緑の血が流れているというものもいますが、それは迷信だったようですね」

ですが――、と怪《あや》しく続ける。

「全員がそうかどうかは、はらわたを引きずり出すまで不明ですわ。順番に掛《か》かってきなさい、ひとりひとり精査してあげますから」

と言うと邪教徒たちは恐《おそ》れおののくが、それも一瞬《いっしゅん》だった。全員が同時に斬り掛かる。

魔術師は自分の腕《うで》に自信があったようだが、さすがに同時攻撃《こうげき》には反応が遅れた。一撃をもらいそうになる。僕は颯爽《さっそう》とそこへ飛び込むと、短剣でその剣を払《はら》いのける。

それを見ていた魔術師の少女は、

「あらあら」

と驚《おどろ》いていた。

「まあ、小さな英雄《えいゆう》が援軍《えんぐん》にきてくださいましたわ」

「なりは小さいけど、それなりの戦力にはなるよ」

「ええ、それは知っていましてよ」

彼女はにやりと笑い、

「あなた様のことはなんでも存じ上げています。あなた様を探して幾年《いくとせ》、東奔西走《とうほんせいそう》しましたから。お会いしとうございました『ウィル』様」

と続けた。

「なんで僕の名前を⁉」と思った瞬間、別の剣が飛び出てくる。

僕はそれをかわすと、そいつに蹴《け》りを入れた。

勢いよく吹《ふ》き飛ぶ邪教徒、それを見ている女魔術師は恍惚《こうこつ》の表情を浮《う》かべる。

「さすがはウィル様です。見事なおみ足。その足で踏《ふ》まれたいですわ」

「…………」

ぞぞっとしてしまったので、ルナマリアに視線をやるが、彼女も困った顔をしていた。

その光景を見ていた少女は、にっこりと言う。

「申し訳ありません。つい本音《ほんね》が。──わたくしの名前はアナスタシア、ミッドニア王国の第三近衛騎士団団長、それと上級宮廷《きゆうてい》魔術師の位を陛下に頂いているものです」

宮廷魔術師──

この子が、この若さで？　と思ったが、彼女もそれを察したようでにこりと微笑《ほほえ》む。

「──こんな小娘《こむすめ》が宮廷魔術師など嘘《うそ》くさい、と思われているでしょうが、この耳を見てもらえば信じてもらえるかと」

髪《かみ》の中からひょこんと現れたのは、見たこともないような長い耳だった。

いや、見たことはあるか。ヴァンダル父さんの書斎《しよさい》の書物の中によく出てくる種族がこのような耳をしていたはずだ。

僕はその名前を口にする。

「──君はエルフなのか？」

彼女はノンノンと指を横に振《ふ》る。

「わたくし、アナスタシアはエルフではありません。それよりも上位のエルダー・エルフですわ」

そう宣言するアナスタシアの微笑みは、妖艶《ようえん》なまでに美しかった。

†

このようにして妖艶な美女エルフと出逢ったはいいが、今現在は戦闘中であった。

それを敵の魔法《まほう》が思い出させてくれる。

《風刃《ふうじん》》と呼ばれるエアカッターが僕たちを襲う。それを防御《ぼうぎょ》したのはアナスタシアの防御陣《じん》であった。

「そういえば今は戦闘中でしたね。ウィル様とむつみ合うのは戦闘のあとにしましょうか」

「ウィル様はそんなことしません！」

と言いながらルナマリアは邪教徒に聖なる一撃を加える。

僕も聖なる盾《たて》で敵をひとりぶん殴《なぐ》り、もうひとりには投げつけて対処する。

『ひゃっほー！』

聖なる盾は元気よく飛んでいき、元気よく敵をぶん殴ってくる。

『いぇーい！　乙女《おとめ》だからって体術が弱いと思わないことだね』

正論であるが、彼女のことを乙女だと認識しているのは僕くらいではなかろうか。

敵にとってはただただ堅《かた》い金属の盾である。

そのように思っていると、魔法を放ちながらアナスタシアが近づいてくる。

「素晴らしい盾ですね。それが噂《うわさ》のイージスの盾ですか」

「名前まで知ってるとはすごいね」

「うふふ、言いましたでしょう。わたくしはウィル様のことならばなんでも知っています」

「というか君は宮廷魔術師と言っていたけど、どうして僕のことを？」

「実はウィル様を探して旅をしていたのですが、その途中《とちゆう》、この下郎どもと遭遇《そうぐう》しまして」

「なるほど」

敵の矢が飛んでくる。アナスタシアはそれを燃やす。

「──まったく、五月蠅《うるさ》い連中ですわ。話すらできない。ここは一気にやっつけてしまったほうが良さそうですね」

と言うと彼女は魔法を詠唱《えいしよう》する。

その間、彼女のお付きの近衛騎士団の騎士たちががっつりスクラムを組み、彼女を守る。

「ひとりはアナスタシア様のために！　皆もアナスタシア様のために！」

という合い言葉とともに陣形《じんけい》を組み、彼女を守る。

その間、アナスタシアは古代魔法言語を詠唱する。

「たゆたう星海の力よ、我に力を貸せ。石の雨で敵を駆逐《くちく》せよ！」

美しい旋律《せんりつ》によって完成された古代魔法言語は、そのまま『力』となって発現する。

雲を切り裂《さ》くように宇宙から燃え上がった石が降りてくると、それが地表にぶつかる。

いわゆるメテオという魔法だが、これを使えるのは上級の魔術師だけだった。

「ウィル様には遠く及《およ》びませんが、これくらいはできましてよ」

にこりと笑うアナスタシアだが、彼女が放ったメテオの威力《いりよく》は凄《すさ》まじかった。

轟音《ごうおん》とともに地表に落ちると、邪教徒《じやきよう》どもが吹っ飛ぶ。いや、消し飛ぶ。

ほとんどが痛いと思う前に死ねたことだろうが、少し残忍《ざんにん》に思えた。

「まあ、ゴミくずどもにも慈悲《じひ》をかけるとはウィル様はお優しい。あとでアイスの棒であいつらのお墓を作るので、心を穏《おだ》やかにしてくださいまし」

と言うが、その言葉を放った瞬間、土煙《つちけむり》の中がキラリと光る。

どうやら生き残りがひとりいたようだ。

やつらのリーダー格と思われる男は防御陣を張り、難を免《まぬか》れたのである。

彼は白刃《はくじん》をかざすとアナスタシアに襲《おそ》いかかってくるが、僕はそれを聖なる盾で防ぐと、ミスリルダガーの柄《つか》で男の後頭部を殴る。

「まあ、素晴らしい。やはりウィル様は素敵」

ときめいてしまいますわ、とアナスタシアが自身の胸を押さえる。

ありがとう、と言うべきなのだろうか。迷っていると彼女は先ほどまで自分の胸に置いていた手を僕に差し出す。

敵対する意思がないことを表明してくる。

「ウィル様の御手《みて》を握《にぎ》る日を夢見ていましたわ。嬉《うれ》しくて気が遠くなりそうで――」

僕は彼女の白魚《しらうお》のような指の手を握る。柔《やわ》らかく、とても繊細《せんさい》だった。

僕たちは握手《あくしゅ》をすると彼女から事情を聞くことにした。

まずは「ありがとうございます」と言いつつスカートの裾《すそ》をつまんでぺこりと挨拶《あいさつ》をする様は、貴婦人のようであった。

軽く見とれてしまうが、ルナマリアがむっとしていることに気が付き、本題に入る。

「ところでアナスタシア、僕のことを知っていたみたいだけど、僕ってそんなに有名人なの？」

「神々に育てられた最強の子、聖剣を岩ごと引き抜《ぬ》いた子、ノースウッドの街の巨人《きょじん》を倒《たお》した子。有名でございます」

「そんなに名が知れ渡《わた》っているのか」

「我々第三近衛師団の間では、ですが」

「ローカルだね」

「ええ、ローカルです。実は我々は国王陛下よりとある人物の探索《たんさく》を仰《おお》せつかっています」

「そうなんだ。どんな人？」

「一五年ほど前に行方《ゆくえ》不明になった子供です」

「一五年前――」

「ええ、そうです。彼は国王陛下の嫡男《ちゃくなん》だったのですが、政争に巻き込まれてしまいました。とある侍女《じじょ》が彼の命を救うために中立地帯であるテーブル・マウンテンに向かったのです」

「へえ、神々の庇護《ひご》を受けに行ったんだね」

「そうです。しかし、その侍女は途中で刺客《しかく》に襲われ、命を失いました」

「……可哀想《かわいそう》に」

「その子供はどうなったのですか？」

そう尋《たず》ねたのは神妙《しんみょう》な面持《おもも》ちのルナマリアだった。

アナスタシアは残念そうに首を横に振る。

「……その後の殿下《でんか》の行方は誰《だれ》も知りません。しかし、わたくしたちが摑《つか》んだ情報によりますと、同時期、テーブル・マウンテンの川に流された赤子を拾った神がいるとか」

「へえ、奇遇《きぐう》だね。僕と同じだ」

他人事《ひとごと》のように言う僕。それを見てアナスタシアは可笑《おか》しくて堪《たま》らないようだ。くすくすと笑い出す。

なぜ、笑うんだろう？　とルナマリアのほうを向くと、彼女も呆《あき》れていた。

「ウィル様は頭はいいですが、自分のこととなると、ときおり、抜けておられますね」

きょとんとするが、その答えはアナスタシアが教えてくれる。

「ふふふ、つまり、こういうことですわ」

アナスタシア、それに近衛騎士《このえきし》団の騎士たちは、僕の前にひざまずく。

「ウィリアム・アルフレード・フォン・ミッドニア殿下、この一五年間、ひたすらお探ししました。是非《ぜひ》、我らとともに王都にお戻りください。この国の王位を継《つ》ぎ、我らをお導きください」

「…………」

一応、僕は後方を見るが、そこには誰もいない。

ウィリアム・アルフレード・フォン・ミッドニア殿下とは僕のことなのだろう。

「……ええ⁉」

と思わなくもないが、彼らの表情は皆《みな》、真剣《しんけん》だった。

†

僕がこの国の王子様だったとは……。

いや、まだ確定ではないけど。

ただ、その可能性があることだけはたしかなようだ。

アナスタシアはそれを確かめたいという。

というわけで、最寄りの街の連れ込み宿か、その辺の木陰《こかげ》に入って、互《たが》いに全身のほくろの数を数えたい、と主張してくる。

「てゆうか、ミリア母さんみたいな子だな……」

「うふふん、互いに数え合いましょう。わたくしのも見せてあげますから」

と彼女は黒タイツをずらすと、スカートを捲《めく》り上げ、内股《うちまた》を見せる。

ルナマリアは「見てはいけません」と僕に目隠《めかく》しをするが、目隠しをされる前に入ってきた視覚的情報を僕は見逃《みのが》さなかった。

「……その聖痣《せいこん》は。君は勇者なのか？」

彼女はにやりと笑うと肯定《こうてい》する。

「わたくしは『樹の勇者』です。エルフ族では数少ない勇者の称号《しょうごう》を頂いております」

「だからさっきもあっさりとメテオを唱えられたんだね」

「ええ、まあ、あれは余技ですが」

わたくしの本当の特技は、と続ける。

「これです」

彼女の足下《あしもと》からにょろにょろと植物のツタが伸《の》びてくる。

それは太い樹のツタに変わり、あっという間に簡易的な小屋になる。

すごい、と見とれていると、彼女は僕の手を引く。中に連れ込んでほくろを数え合う気だろうか。

まったく、とんでもない破廉恥《はれんち》な女性だ、と思った。

アナスタシアは僕の表情を見たのか、誤解です、と否定する。

「殿下には特徴的《とくちょう》なほくろがあるそうです。右肩《みぎかた》に星の形のほくろが……。それを確認させて頂きたい」

「……なるほどね」

そういうことならば、今、ここで、白日のもとに晒《さら》すべきだと思った。

僕は持っている荷物をその場に置くと、革の鎧《よろい》を脱《ぬ》ぐ。そして服を脱ぐ。

アナスタシアは、「わお、意外と筋肉質、抱《だ》かれたいわ」と漏《も》らすが、気にせず脱ぐ。

露出《ろしゅつ》する僕の右肩。

そこにあったのは――

星形のほくろではなく、古傷であった。

アナスタシアはそれを見て初めて表情を変える。

「そ、そんな、馬鹿《ばか》な。ウィル様の右肩には星形のほくろがあるはずなのに」

「残念ながらそれは分からない。僕は子供の頃《ころ》、崖《がけ》から落ちてしまってね。そのときに傷を負ってしまったんだ。子供の頃の話だから、ほくろがあったかなんて覚えていない」

「そんな事故が……」

「やはり僕は王子じゃないような気がする」

戯《ふざ》けて言うが、彼女は納得しなかった。

「——いえ、分かったのは今現在のウィル様に星形のほくろが確認できないというだけ。わたくしはあなた様こそ、この国の王子だと思っています」

彼女は改まった態度で言うと、僕に王都に赴《おもむ》くようにうながす。

「王位に就《つ》けとは言いません。今、陛下は病《やまい》に伏《ふ》しておられ、明日をも知れぬ身。最後に生き別れになったご子息と再会させてさしあげたいのです」

「……でも、僕は」

「万が一ということもあります。もしもウィル様が本当の王子だった場合、実の父上の死に目に会えなければ一生、後悔《こうかい》することになりましょう。ですので面会だけでもしてくださいまし。——後生《ごしょう》ですから」

「…………」

そのような物言いをされたら、ついて行かないわけにはいかない。

僕は王都へ行く約束をする。

「さすがは殿下です」

「ウィルだよ」

「さすがはウィル様です」

そう言い直すと、新しい仲間が加わった。

エルダー・エルフの妖艶《ようえん》な娘《むすめ》、樹の勇者の称号を持つアナスタシアという少女と一緒《いっしょ》に旅することになる。

さて、このように仲間に加わったアナスタシアであるが、彼女の部下である近衛騎士団は早々に解散した。

「王都まで護衛をしてくれるんじゃないの？」

「いえ、それはやめておいたほうがいいでしょう」

と首を横に振《ふ》るアナスタシア。

「先ほど、我々が邪教徒《じゃきょうと》と戦闘《せんとう》になったのも我々が目立つから。我々は王子探索の任を負っていますが、それと同時に救世主探索の任も負っています」

「救世主……」

「そうですわ。やがてこの世界を覆《おお》う闇《やみ》を打ち払《はら》う存在。彼を一刻も早く見つけ、魔王《まおう》とその眷属《けんぞく》をこの世界から駆逐《くちく》せねば」

「そのお方ならばここにいますよ」

ルナマリアは言う。

アナスタシアは興味深そうにルナマリアを見つめる。

「この世界を救うのはウィル様です。そういう神託《しんたく》を預かっています」

「……あなたは地母神の巫女《みこ》ですか。なるほど、ウィル様は王子であると同時に救世主なのね」

ならば一刻も早く、子種をもらわねば、と言ったような気がするが、気のせいだろう。

僕は改めて自分が救世主ではないと言う。

「そんなだいそれた存在じゃないよ。僕はテーブル・マウンテンのウィル。神々の息子さ」

そう言うと先導するように街道に向かった。

このままここにいたらアナスタシアとルナマリアの「さすウィル」合戦が始まると思ったのだ。

もしかしたら将来、僕はこの世界を救うかもしれないが、それは僕ひとりだけの力ではない。きっと多くの人の協力を得てのこと、僕はこの世界に住むひとりの人間として悪を討つだけだ。

だから救世主などというたいそうな呼ばれ方は似合わないような気がした。

†

僕とルナマリア、アナスタシアが街道に出る。

往来は賑《にぎ》わっていた。

「この道を西へ行けば王都があるんだよね？」

「そうですわ。王都はテーブル・マウンテンの南側ですから、ぐるりと回りますが」

「なるほどね、実は王都は初めてだから緊張《きんちょう》している」

「うふふ、ウィル様らしいですわ。今から緊張していると王都に到着《とうちゃく》する前に果ててしまいますわよ」

「そうならないように頑張《がんば》るよ」

　と言うと僕たちは西を目指した。

「ところでゾディアック教団ってどうやって魔王を復活させるつもりなの？」

「聖なるものの血を集めています」

　アナスタシアは答える。

「聖なるものの血？」

「そうです。神々の子孫の血、王家に連なるものの血、勇者の血、聖女の血、救世主の血を探しているようです」

　ウィル様が女の子ならばひとりで全部集めることができますわね。ふふふ、と続ける。

「なるほど、それで色々なところで暗躍《あんやく》しているのか」

「はい、山まで私を追ってきた邪教徒は私とウィル様の出逢《であ》いを阻止《そし》すると同時に私の血も狙《ねら》っていたようです」

「たしかにルナマリアは聖女だからね」

「そのようなことはないのですが」

「謙遜《けんそん》だね」

ルナマリアほど清らかな乙女《おとめ》はそうはいない。アナスタシアと比べればそれは一目瞭然《いちもくりょうぜん》だろう。

ことあるごとに僕を誘惑《ゆうわく》してくるアナスタシア、慎《つつし》み深く僕を支えてくれるルナマリア、対極である。

アナスタシアにはルナマリアの爪《つめ》の垢《あか》でも煎《せん》じて飲ませたいところだが、ルナマリアは

ルナマリアで少し生真面目《きまじめ》すぎる気もする。

きっと両者の中間値が理想なのだろうが。

ということは互いに爪の垢を煎じて飲ませればちょうどよくなるのか。

などと失礼なことを考えていると、日が暮れてきた。

大分歩いたので夕暮れになっていた。

「キャンプもいいけど、そろそろ宿に泊《と》まりたいな」

自分の姿を見る。冒険中《ぼうけん》は洗濯《せんたく》もできなかったので薄汚《うすよご》れている。

あの可憐《かれん》なルナマリアでさえ埃《ほこり》をかぶっている。彼女も同意し、髪《かみ》を洗いたい旨《むね》を伝えてくる。

それを聞いたアナスタシアはにこりと微笑《ほほえ》むと、

「それでは宿を取りましょうか。ご安心ください。スポンサーは国王ですので、経費は使い放題」

涼《すず》やかに笑うアナスタシア。

さりげなくダブルとシングルの部屋を取り、シングルの部屋へルナマリアを押し込もうとするが、結局、僕がシングル、ルナマリアたちがダブルとなった。

アナスタシアは「こうなるならツインにしておくんだったわ」と嘆《なげ》くが、策士策に溺《おぼ》れるとはこのことである。

悔《くや》しがるアナスタシアをよそに、僕たちは久しぶりの文明生活を楽しむ。

ルナマリアはさっそく湯浴《ゆあ》みをするようだ。浴室に向かっている。

「ふふん♪」と軽く鼻歌が聞こえる。やはり久しぶりの風呂《ふろ》は嬉《うれ》しいものらしい。この辺は女の子だな、と思った。

一方、僕は男の子、お風呂は後回しでいい。

というわけでまずは洗濯から。

基本的に旅の間はそれぞれが各自の洗濯物を洗う。

最初、ルナマリアが一手に引き受けるという話だったのだが、それは気が引けた。

彼女は洗濯婦ではないし、このパーティーは皆《みな》が対等でありたかったからだ。

ならば完全当番制にすればいいと思うのだが、そこは思春期の男の子、年頃《としごろ》の女の子の下着を洗うというのはなかなか気が引けた。

「……ミリア母さんのならば平気で洗えるんだけどなあ」

きゃははー、と煎餅《せんべい》をかじりながら本を読んでいる母さんを思い浮《う》かべる。

「『アレ』とルナマリアを一緒にしちゃまずいか」

そんなことを考えているうちに洗濯も終わったので、洗濯物を乾《かわ》かすスペースを借りる。

あとは一晩干すだけであった。

洗濯を終えた僕は一休みするため、自分の部屋に向かう。

シングルベッドに腰《こし》掛けると、とんとん、とノックの音が聞こえてきた。

「どうぞ」と返すと、静かに扉《とびら》が開かれる。

そこにいたのは満面の笑みのアナスタシアだった。

「ルナマリアさんの次にお風呂に入ってくださいませ」

「次はアナスタシアでいいよ」

「ふたりきりのときは、アナと呼んでくださいませ」

と彼女は僕の胸に顔を寄せてくる。

困った子だなあ、と思いつつそっと肩《かた》を離《はな》し、改めて最後でいいと伝える。

「分かりましたわ。夜中にこっそりウィル様の汁《しる》がにじみ出たお湯を飲み干しに行きましょう」

「お腹を壊《こわ》すと思うよ」

と返すと、彼女は「そんなことありませんわ」と言う。

「ウィル様の体液ならば一滴《いってき》残らず飲み干したいです……」

と妖艶な顔をする。びくりとしてしまうくらい色っぽい。まるで吸血鬼《きゅうけつき》のようだ。

（近衛騎士《このえきし》団、魔術師、エルダー・エルフ、樹の勇者、これ以上設定は盛られないだろうけど……）

ただ、あまりにも妖艶すぎるし、彼女のアプローチは過激すぎる、そのことをそこはかとなく注意すると、彼女は「よよよ……」と泣く。

「ひどいですわ。ウィル様はわたくしのことがお嫌《きら》いなのですか……」

「嫌いじゃないよ」

「じゃあ、好きなんですね⁉」

にょい！　っと顔を突《つ》き出してくる。

「好きもなにもさっき会ったばかりじゃないか」

「あら、恋《こい》に落ちるのに適正時間ってあるのかしら？　三分？　三〇分　三時間？　三日？」

「僕としては愛ってじっくり育《はぐく》むものだと思う」

「それじゃあ、三週間くらいですね。三週間経《た》ったら、もう一度アタックさせて頂きますわ」

「………………」

それでも短いような気がするが、とは言わない。

「愛とは大樹を育てるようなもの。エルフ族のことわざですわ。――でも、私は樹の勇者、植物は自在に成長させられます」

アナスタシアは部屋を見回すと、鉢《はち》植えの植物を見つける。

それに「えいっ」と魔力を飛ばすと、鉢植えの花は見事に咲《さ》いた。

「枯《か》れ木に花を咲かせましょう。その身に未来を宿しましょう」

と自身のお腹に手を添《そ》えながら言う。

彼女の言葉の意味がなんとなく分かったので、そのままご退出願う。

彼女はおとなしく出て行ってくれる。

すると湯上がりのルナマリアがやってきた。

無論、彼女は聖女、アナスタシアのようにはしたない真似はしないが、それでも、いや、それだからこそ逆に色香《いろか》に満ちあふれていた。

湯上がりの女の子はいい匂《にお》いがするのである。

思わず見惚《みと》れてしまうが、ルナマリアは勘《かん》の鋭《するど》い子。僕が顔を赤くしているなどすぐに見抜《みぬ》くかもしれない。

そう思った僕は、コホンと咳払《せきばら》いをし、話題をそらす。

「今日の夕飯はなんだろうね」

「女将《おかみ》さんいわく、この宿の名物はチキンソテーだそうです。庭でしめたばかりの鶏《にわとり》を出してくれるそうですよ」

「それは美味《おい》しそうだ」

僕がそう言うとお腹が鳴った。

どうやら本当にお腹がぺこぺこのようだ。

ルナマリアはくすくすと笑いながら、

「健康な証拠《しょうこ》です」

と言ってくれた。

その笑顔はまるで清流のようである。

僕はやはりアナスタシアのような子よりも、ルナマリアのような子のほうが好きだった。

†

こんなふうに僕たちは久しぶりの宿屋での一夜を堪能する。

夜中、アナスタシアの襲撃《しゅうげき》が予想されたが、ルナマリアがアナスタシアに縄《なわ》を付けることで回避《かいひ》する。

一応、施錠《せじょう》はしっかりとするが。

夜中、僕は眠《ねむ》りにつく前に今日あったことを整理する。

古代エルフの魔術師《まじゅつし》アナスタシア。近衛騎士団の団長で樹の勇者。

その出自や性格はともかく、彼女のもたらした情報は意外なものであった。

「ウィル様、あなたはこの国の王族。王子なのです」

そんなことを宣言される日がくるとは思っていなかった。

昔、剣神《けんしん》ローニン父さんに尋《たず》ねたことがある。

「ねえ、ローニン父さん、僕はどこで生まれたの？　本当のお父さんとお母さんはなにをしているの？」

僕は物心ついた当初から神々とは血が繋《つな》がっていないことを知らされていたのだ。（まあ、隠《かく》せるものでもないが）

当時、ローニン父さんはこう言っていた。

「いいか、ウィル、お前は神々の山のキャベツ畑で生まれたんだ。だから生みの親はいない」

無論、冗談《じょうだん》だとすぐに分かった。ローニン父さんはこのことに触《ふ》れたくないようだった。

後日、同じ質問を治癒《ちゆ》の神ミリアにすると、彼女はこう言った。

「あなたは私がお腹を痛めて産んだの。もしくはコウノトリが運んできて、あとキャベツを食べたら妊娠《にんしん》した」

これも明らかに嘘《うそ》である。

仕方ないので僕はヴァンダル父さんに尋ねるが、彼は子供の製造法とそもそも生命とはなんであるか、を話し始めた。

ヴァンダル父さんは三日三晩、生命について語る。内容が宇宙の生誕に及《およ》び始めたので、そこで切り上げると、僕は大樹の木の枝にいる万能《ばんのう》の神に尋ねた。

「ねえ、レウス父さん、僕には本当のお父さんとお母さんはいるのかな？」

烏《からす》の姿をしたレウス父さんは単刀直入に言った。

「いるさ。この世界のどこかに」

「その人たちはどうして僕を捨てたのかな」

「それは分からない。きっとやむにやまれぬ事情があったのだろう」

「ふーん」

「ウィルは本当の父親と母親に会いたいのか？」

その答えに僕はすぐ首を横に振《ふ》る。

「――ううん、気になっただけだよ。それに僕にはもう父さんと母さんがいるから。四人も。これ以上はいらないかな」

「――そう言ってもらえると嬉しいな。しかし、今後、もしかしたら本当の父母と会えるかもしれない。そのときは遠慮《えんりょ》なく会うのだ。きっと本当の父母も実の子供の顔くらい見たいだろう」

「そうだね。顔だけは見せる。でも、僕の父さんはレウス、ローニン、ヴァンダル、母さんはミリアだよ」

「それを奴《やつ》らに伝えてやれ、涙《なみだ》を流しながら喜ぶぞ」

「その代わり三日三晩抱《だ》きついてきそうだ」

「ふふ、そうだな。さて、話はここまでだ。さっきからローニンが探しているぞ」

「あ、そうだった。今日は剣閃を習う日だ」

と言うと当時の僕はローニン父さんのもとへ向かった。


僕の意識が宿屋に戻《もど》る。

「本当の親かあ」

実のところ、アナスタシアの発言は衝撃《しょうげき》ではあったが、心揺《ゆ》さぶられるものではなかった。

僕の親はすでに四人もいる。そこにさらにふたり増える姿は想像できない。

しかもそのうちひとりがこの国の王様と言われても……。

「王子様になって王位を継《つ》ぐなんて柄《がら》じゃない」

宮廷《きゅうてい》というところに入ったことはないが、小説などでよく知っていた。

華麗《かれい》だが陰謀渦巻《いんぼううずま》く場所。

毎日、毒殺の恐怖《きょうふ》に怯《おび》え、宮廷の美姫《びき》たちが権力争いをしている。

そんなイメージしかない。

ヴァンダル父さんから聞いた話では、そのイメージは的外《まとはず》れではないという。

そのようなところで一生暮らすのは牢獄《ろうごく》で暮らすのと変わらないのではないだろうか。

と僕は思うのだが、それでも王都へは行くつもりだった。

アナスタシアの言葉が真実ならば、僕の父親は王様ということになる。

王位を継ぐつもりなどないが、自分の生みの親がどのような人たちか気になる。

それにもし彼らが僕の生みの親ならば、お礼が言いたかった。

「産んでくれてありがとう」

と。

「この世界を教えてくれてありがとう」

と。

「テーブル・マウンテンの父さんと母さんに出逢《であ》わせてくれてありがとう」

と。

それが僕の偽《いつわ》らざる本音《ほんね》だった。

†

翌朝、目覚めると皆《みな》で朝食を食べるために宿屋の食堂に向かう。

宿屋の一階は一般《いっぱん》の人にも開放されており、宿泊客《しゅくはく》でない村人なども散見される。

皆、ここのチキンソテーやオムレツが目当てのようだ。

僕たちはチキンスープとオムレツを注文する。

ここのオムレツはふんだんに卵を使っており、とても美味しい。

ふわふわとろとろの卵、バターをケチることなく使っているので、芳醇《ほうじゅん》な味がする。

ケチャップなどが不要なくらい風味豊かだった。

僕たちはそれに舌鼓《したつづみ》を打つと、今後の方針について話し合った。

「王都に向かうのはいいですが、このまま徒歩で向かうのでしょうか」

「まさか、未来の王を歩かせるなんて」

「王様じゃないけどね」

「ならば乗合馬車を手配しますか。次の宿場町で」

「それもありだけど、公共交通機関は避《さ》けたいわね」

「なぜです？」

「邪教徒《じゃきょう》の襲撃があるかもしれない。なんせ私たちは、救世主、勇者、聖女。この三人をさらうだけで魔王を復活させられるかも」

「道理だね」

というわけで乗合馬車は選択肢《せんたくし》から外す。

「まあ、急ぐ旅じゃないし、徒歩で移動しながら街で馬車を借りられないか尋ねて回ろうか」

「それが一番ですわ。お金の心配なら無用ですから」

と彼女は胸から革袋《かわぶくろ》を取り出す。

金貨が一杯《いっぱい》入っていた。

「すごい」

「国王陛下がスポンサーですからね」

「それは頼《たの》もしいです」

三人はゆっくりと食事を終えるとそのまま宿をあとにした。

前言通り、徒歩で西進しながら、途中《とちゅう》で馬車を探す。

しかし、なかなか都合よくは見つからない。

ただ、途中の街で馬貸し屋を見つける。

「考えてもみれば馬車にこだわらなくてもいいか。僕たちは三人だから馬に直接乗ればいいし」

「ですね」

というわけで馬を借りる。

葦毛《あしげ》と栗毛《くりげ》の馬だ。

なぜ二頭かといえばアナスタシアが馬が苦手らしい。

「わたくしは魔術師ですから、乗馬が苦手なのです。それにエルフは幼き頃《ころ》から森で暮らすので、四つ足の獣《けもの》になれていない」

「となると僕かルナマリアが後ろに乗せるしかないね」

「是非《ぜひ》、私の馬に」

機先を制するようにルナマリアがにっこりと主張する。その笑顔には迫力《はくりょく》があり、アナスタシアに二の句を告げさせない。

こうしてアナスタシアはルナマリアの腰《こし》をがっちり摑《つか》むことになった。

ふたりは表面上は仲良く旅をしている。

道中、僕は何気なく尋ねる。

「そういえばルナマリアは乗馬が得意だね」

「はい、将来、ウィル様の手助けをできるようにと、あらゆる武芸を仕込まれました」

「剣《けん》のほうも様になってるよね」

「まだ人は斬《き》ったことがありませんが」

「それでいいよ。ルナマリアの手を血で汚《よご》したくない」

「……でも、いつかはそのときがきます。ウィル様を守るためにこの手を血で汚すときが」

「……そんな日がこないように頑張《がんば》るよ」

と言うと僕たちは馬を進めた。

馬に乗ると一気に速度が上がる。

街道は平和なのでトラブルもなく、宿場町をいくつか通り過ぎる。

「このままだと明日には王都に到着《とうちゃく》しますわ」

「そこで王様と会うんだね」

「はい。ですがその前に大臣や王族の方と面談です。ウィル様が生き別れの王子であることを証明せねば」

「それはいいけど、どうやって」

その問いにアナスタシアは「さあ？」と言う。

「証明するのは大臣の仕事ですわ」と無責任な言葉を放つ。

まあ、たしかにそうだ、彼女は近衛騎士団《このえきしだん》団長、その権限は僕を見つけて連れていくまでだろう。

そう思った僕は彼女を責めることなく、馬を走らせた。


馬を進めると王都が見えてくる。

ミッドニアの王都、アレクセス。

僕はその荘厳《そうごん》さ、巨大《きょだい》さにただ驚《おどろ》かされる。

「地図の上では見たことがあるけど、こんなにすごいんだ」

アナスタシアは、「うふふ」と得意げに笑う。

「この国最大の都《みやこ》。いいえ、この大陸でも随一《ずいいち》の都会ですわ」

「すごいなあ、僕は山しか知らないからただただ驚かされるよ」

「わたくしも最初はそうでした。森から出てきたばかりのおぼこのときは圧倒《あっとう》されました。どこまでも続く石畳《いしだたみ》を見て目が回ったことを思い出しますわ」

「たしかに立派な石畳が王都まで続いている」

どこまでも続く石畳に圧倒される。

僕はお上りさんのように王都の巨大な建築群を眺《なが》めるが、アナスタシアの前にいるルナマリアの顔が青いことに気がついた。

どうしたのだろう？　気になったので声を掛《か》けるが、ルナマリアはにこりと微笑《ほほえ》み直す。

「……なんでもありません。人の多さに酔《よ》ったのかも」

「それは大変だ」

ルナマリアは聴覚《ちょうかく》を頼《たよ》りに生活する娘《むすめ》だ。

人が多ければ情報量は飛躍《ひやく》的に増える。

人間の呼吸、心臓の鼓動《こどう》、骨の軋《きし》む音。生活音も聞こえてくるだろう。馬車が石畳を通る音、家畜《かちく》の鳴き声、食器がこすれる音。

それらすべてが頭の中に入ってくるのだ。混乱しないほうがおかしい。

ルナマリアの体調を気にする僕であるが、彼女はけなげにも微笑むと「大丈夫《だいじょうぶ》です」と言う。

「すぐになれます。いつものことですから。ただそれよりも――」

「それよりも？」

「――いえ、なんでもありません」

ルナマリアは、それよりも王都から不吉《ふきつ》な空気が漂《ただよ》っている、そう言いたかったのだが、王都を目前にしてテンションが上がっている僕たちには言えなかったようだ。

のちにその話を聞くが、たしかにその時、言われても僕には響《ひび》かなかっただろう。

王都を目の前にした僕は、それくらいテンションが上がっていたのだ。

†

「王都はすごいなー」

それが偽らざる感想だった。

僕はお上りさんよろしく、見るものすべてを指さす。

「アナスタシア、あそこにある建物は？」

「あれは図書館ですわ」

「あれが図書館なの？　いったい、何冊本があるんだろう……」

「六五五三五冊と言われています」

「そ、そんなに!?」

毎日読んでも読み切れないほどだ。魔術《まじゅつ》の神ヴァンダルの書庫の数十倍ある。

「数十倍で済むなんて、ウィル様のお父上は大変な蔵書量を誇《ほこ》ってらっしゃるんですね」

「本の虫だからね」

しかし、それでも上には上がいると言うことか。もしもこの国の王様になったら、この図書館をまるごとヴァンダル父さんにあげたいな、と思ったが、慌《あわ》てて首を横に振《ふ》る。

いけないいけない、物欲《ぶつよく》が出てきたぞ。物やお金に釣《つ》られるのはよくないことであったし、そもそもこの建物は国民の財産。

この建物の真価は、税金さえ支払《しはら》えば誰《だれ》でも中の蔵書を閲覧《えつらん》できるということであった。それを独占《どくせん》するなど、あってはならないことだ。

自分を戒《いまし》めると、図書館から視線を移す。

目に入ったのは高い建物だった。塔《とう》のようなものが街の中心にある。

「あれは時計台ですわ。クロノスの塔。古代魔法文明の遺跡《いせき》で正確に時を告げます。その誤差、一億分の一秒」

「い、いちおく……」

思わずひらがなになってしまうくらいの数字である。

僕の家にも時計くらいあったが、誰かが毎日ネジを巻かないといけなかったし、かなりの誤差があった。

「はー、王都はすごいな」

「ふふ、ウィル様は子供のように純粋《じゅんすい》で説明しがいがあります」

褒《ほ》められてるのか分からなかったが、それでも僕は次々に質問を重ねる。


あれは？　あれは？


と何度も指をさす。

アナスタシアは何度でもこころよく答えてくれる。

「あれはギュオーム卿《きょう》の屋敷《やしき》ですわ。この国一番の騎士です」

「あれはエルドナット商会の本店ですわ」

「あれは光の神の神殿《しんでん》です」

彼女は懇切丁寧《こんせつていねい》に答えてくれる。

有りがたいことであったが、ルナマリアが浮《う》かない顔をしているのが気になる。

僕は彼女に尋《たず》ねる。

「ルナマリア、やはり体調が悪いの？　王宮に行く前に宿を取って休む？」

「いえ、そういうわけではないのですが……」

「ふふ、ルナマリアさんはお疲《つか》れのようですね。やはり休憩《きゅうけい》をしましょうか」

「大丈夫ですよ」

「そういうわけにはいきません。それに王宮に上がる前に色々と準備をしないと」

「例えば？」

「ウィル様の身支度《みじたく》です。その格好も素敵ですが、もう少しフォーマルにしないと」

「なるほど」

たしかに大臣や王族と会うからにはそれなりの格好は必要だろう。

「というわけでどこかで宿を取って準備をしましょう」

とアナスタシアはがしりと僕の腕《うで》を摑み、お城のような宿に連れて行こうとする。

ルナマリアはがしりとアナスタシアの腕を摑む。

「……あら、案外、力が強いのですね」

「……そこは連れ込み宿です。ウィル様に変なことはしないでください」

「あらあら。気が付きませんでしたわ。お城みたいに立派だからつい」

てへぺろをすると、アナスタシアは大通りにある別の宿を選んだ。

その宿もお城かと見間違《みまちが》えるくらい立派であった。

宿屋に入ると、受付の男が愛想よくやってくる。最上級の部屋をふたつ取ると、荷運びの男が荷物を運んでくれる。

今まで僕が泊《と》まった宿屋とは別格である。

「これがホテルというものですわ。滞在者《たいざい》に最高の持てなしをしてくれます」

とアナスタシアはウェルカム・フルーツを手に取ると、さくらんぼを食べる。

もぐもぐと食べると、ぺろっとへたを出す。さくらんぼのへたは綺麗《きれい》に結ばれていた。

「うふふ、キスの上手《うま》い女はみんなこれができましてよ。ルナマリアさんはできるかしら」

「できます」

と対抗心《たいこう》むき出しにさくらんぼを食べるが、なかなか難儀《なんぎ》していた。

ルナマリアもアナスタシアの挑発《ちょうはつ》など無視すればいいものを、と思うのだが。

そのようにふたりを眺めていると、僕は高級な部屋に案内される。

立派でふかふかなベッド、疲れていればそのまま眠《ねむ》りたいところだが、これから仕立屋に向かわなければならない。

ただ、アナスタシアとの約束まで三〇分はある。

なのでその間、ホテルの部屋とやらがどんなものか確認することにした。

視界に飛び込んでくるのは広い空間に立派な作り。

広さが宿場町の宿の比ではない。作りも頑健《がんけん》だし、なによりも調度品がすごい。花瓶《かびん》に蘭《らん》が活けられ、絵画などもある。どれも高そうだ。小一時間くらい観賞できそうである。

さらに探検を続けると、同じような部屋が複数あることを発見する。なんとホテルには浴室や洗面台が備え付けられた部屋があるのだ。

「一部屋、一部屋に付いているのか」

とシャワーをひねると、そこから出てくるのは熱いお湯だった。

「……魔法式かな？　セントラル・ブロイラー式かな？　サラマンダーを飼ってるのかも」

ちなみにテーブル・マウンテンにもシャワーはあった。お湯も出る。魔術の神ヴァンダルが作ったもので魔法式のものだ。お風呂《ふろ》大好き、水浴び大好きなミリア母さんのために作ったものだが、魔法石の消費が半端《はんぱ》ではないのを覚えている。

そもそも水道を引いてきて、その水圧を調整し、シャワーを出すだけでも一苦労なのだ。それを全部屋に付けるのだから、このホテルは相当豪勢《ごうせい》ということである。

僕は天蓋《てんがい》つきのベッドにごろんと横になると、

「はあ」

と溜息《ためいき》を漏《も》らした。

「スポンサーが王様だからいいけど、今後、こんな立派なホテルに泊まることはないかな」

このような立派なホテルになれれば、旅の途中《とちゅう》にある粗末《そまつ》な宿屋には耐《た》えられなくなるだろう。

以前、ルナマリアと泊まった宿屋など、わら敷《じ》きの部屋に男女が雑魚寝《ざこね》だった。

それと比べればこのホテルは天上の楽園と言えた。

「……ふかふかなベッドだな。一〇分くらい寝るか」

僕はそう言うと目をつむる。

するとあっという間に睡魔《すいま》がやってきて、僕を眠りに誘《いざな》ってくれた。


僕は「はっ」と目覚める。

寝過ぎたことに気がついたのだ。

「やばいやばい、アナスタシアと約束していたんだけど……」

と備え付けの時計を見ると、数時間経過していた。

もはや夜である。

これは仕立屋も閉まっている時間帯だろう。

「……人との待ち合わせには遅《おく》れないようにしていたのだけど」

油断した。と嘆《なげ》いていると、横から寝息《ねいき》が聞こえる。

ルナマリアとアナスタシアのものだ。

どうやら彼女たちは僕を起こしにきてそのまま一緒《いっしょ》に眠ってしまったようだ。


「──しい……、ウィル様が眠られているようです」

「あら、可愛らしい寝顔、食べちゃいたい」


とそのままふたりが僕を起こすのを諦《あきら》め、添い寝を始めた姿が想像できる。

そこでバトルが勃発《ぼっぱつ》しなかったことだけは救いであるが。

「……てゆうか、悪いことをしたな。明日はアナスタシアに謝らないと」

僕はそうつぶやくともう一度眠ることにした。

結局、僕たちは翌朝まで「すぴー」と寝た。

†

すぴーと寝た僕たちであるが、翌日、朝日が昇《のぼ》るとともに起きる。

「ふぁーあ」と欠伸《あくび》をしたのはアナスタシアだった。

彼女は僕の顔を見ると、にっこりと笑って、

「朝チュンですね」

と笑った。

意味は分からないが、きっとどうしようもない意味の言葉だろう。

無視をするとルナマリアが起きる。

彼女も可愛らしく、「ふぁーあ」と言った。

「あら、結局、三人で同じ部屋に寝てしまいました」

部屋代がもったいなかったですね、と続ける。

「国王陛下はそのような些末《さまつ》なことは気にしませんわ」

と言うと出掛《でか》ける準備を始めるよう、アナスタシアが指示してくる。

「まずは仕立屋に行きましょう」

「そうですね」

とルナマリアも同意する。

ふたりはそれぞれの部屋に戻《もど》ると、準備を始める。

部屋の隅《すみ》に置いていた聖なる盾《たて》、イージスは言う。

『知ってると思うけど、女の準備には時間が掛《か》かるよ。一時間は見ておいたほうがいいかな』

「だろうね。特にアナスタシアは大変そうだ」

手の込んだ髪型《かみがた》を思い出す。

『そういうこと。というわけでそれまでボクと一緒に遊ぼう』

と、しりとりをすることになる。

「ゴリラ」

「ラッパ」

「パンツ」

「ツナギ」

「義理チョコ」

と続くが、時折、意味不明な言葉が混じるのは彼女が無機質の盾だからだろうか。

義理チョコとはなんだよ、となる。

『え？　ウィル、義理チョコ知らないの？　まじでー？』

「知らないよ」

『義理チョコってのはヴァレンタインデーに女性が配るお情けのチョコのことだよ』

「ああ、あれか」

『ヴァレンタインデーは知っているんだね』

「もちろん、うちはその手のイベントは強制的に参加させられる。ミリア母さんが好きだったんだ。あと基本ローニン父さんもお祭り好き」

『いいご家族だ』

「騒《さわ》ぎたいだけだよ。……ま、楽しかったけどね」

と、やりとりしているとルナマリアがやってきたようだ。

さすがは聖女様、その身支度《みじたく》は早い。ミリア母さんの三分の一だろうか。

「華奢《かしゃ》に溺《おぼ》れるものは神の声を聞けません」

と断言する。

一方、アナスタシアは準備にとても時間が掛かっていた。

服選びから化粧《けしょう》まで、軽く小一時間。まるでミリア母さんのようである。

両極端《きょくたん》のふたりであるが、幸いまだ時間に余裕《よゆう》がある。

というわけで僕は焦《あせ》ることなく、アナスタシアがやってくるのを待ち、一緒に仕立屋に向かった。

綺麗に着飾《きかざ》ったアナスタシアを見てイージスは、『女性がお洒落《しゃれ》をしていたら褒《ほ》めるものだよ』と言う。

たしかにそうなのだろうけど、ルナマリアの前でアナスタシアだけ褒めるのは気が引けた。

イージスは『馬鹿《ばか》だなあ、ふう……』と溜息を漏らす。

『両方褒めればいいんだよ』

「そうか。その手があったか」

そう思った僕はまず、ルナマリアの上腕《じょうわん》二頭筋を褒める。女性にしてはしっかりしていたからだ。

次にアナスタシアの履《は》いている靴《くつ》の色がテーブル・マウンテンのイボイノシシの毛並みにそっくりであると伝える。

彼女たちは微妙《びみょう》な表情をしながらも喜んでくれた。

イージスは深く溜息を漏らす。

「なんなのさ」

『いや、先が思いやられると思ってね』

と言うと彼女は以後、沈黙《ちんもく》を貫《つらぬ》く。

僕も特に声を掛けることなく、そのままアナスタシアの後ろについて行った。

彼女が案内してくれたのは王都の目抜《めぬ》き通りにある仕立屋さん。

ラグジュアリーでマジェスティックな香《かお》りのする高級仕立屋さんだ。

アナスタシアと出逢っていなければ縁《えん》はなかっただろう。

初めての仕立屋さんにどきどきしてしまう。

「そういえば山ではお洋服はどうされていたんですか？」

「父さんたちが買ってきて、母さんが僕に合わせてくれた」

「まあ、ミリア様は意外とお裁縫《さいほう》ができるんですね」

「まあね、人は見かけによらない」

と言っていると、この店の店主が揉《も》み手で現れる。

「これはこれはアナスタシア様」

ふくよかな店主、にこやかでもある。どうやらアナスタシアはこの店の常連のようだ。

耳打ちしてくれる。

「今付けている下着もこの店の特注品なんですよ……」

「………」

どうでもいい情報だが、さすがに顔を赤らめてしまう。

ルナマリアはアナスタシアが害悪だと思ったのだろう、早く用件を済ませるように言う。

「そうでした。ウィル様の寸法を測って頂いて、礼服を新調しましょう。どれくらいででできるかしら？」

「二晩は」

「料金を倍払《はら》うから一晩でお願いできる？」

「承《うけたまわ》りました」

と頭を下げる店主。懐《ふところ》から寸法を測る採寸紐《ひも》を取り出すとささっと計り始める。

その手つきは手慣れている。

「さて、ウィル様の服はいいとして……」

アナスタシアはルナマリアをじいっと見る。

ルナマリアはきょとんとしている。

「大臣クラスの人物の前に出るには質素すぎますね。ルナマリアさんの衣装も新調しましょうか」

「それは結構です」

「無料ですよ。国がお金を支払《しはら》います」

「ならば余計に不要です。地母神の神殿《しんでん》は国から援助《えんじょ》を受けない代わりに、納税の義務も負いません。そのような立場のものが服を買ってもらうなどおこがましい」

「気になさらないでください。国王陛下の財布は潤沢《じゅんたく》です」

「いえ、本当に不要です。そもそも地母神の教団は質素を旨《むね》としていますから。この法衣が一着あれば十分です」

「…………」

凛《りん》とした表情、毅然《きぜん》とした態度だったのでアナスタシアはそれ以上なにも言えないようだ。

僕も、

「ルナマリアらしいね」

と彼女に援護《えんご》を送ったので、ルナマリアの服を新調することはなかった。

採寸している間も、ルナマリアは店に置かれている煌《きら》びやかな服に目をくれることもなかった。

彼女の物欲《ぶつよく》の少なさは特筆に値する。

僕はこの店に置かれている可愛らしいドレス、美しいドレスなどを見て、それをルナマリアが身につけている姿を想像する。

どのドレスを着てもルナマリアの美しさが強調された。ルナマリアはそれくらいに美しい少女だった。

「だけど」とも思う。

ルナマリアという清らかな女性は、やはり地母神の法衣が一番似合っている。

彼女が着ている衣服は、まるで神が彼女のためにあつらえたかのようにぴったりだった。

飾《かざ》り気《け》のない可憐《かれん》な美しさ、それがルナマリアの持ち味であった。

†

そのまま宿屋に帰ることなく、王都の散策をする。

道案内はもちろん、アナスタシア。

彼女は好奇《こうき》心の塊《かたまり》である僕を満たしてくれる。

まずはクロノス時計台に連れて行かれ、そこから街の全景を見る。

街の端《はし》が霞《かす》むほどに広い。どこまでも町並みが続く。

もしも一軒一軒《いっけん》見回ったら、数年は掛かるだろう。それほど王都は広かった。

アナスタシアはその中でも有名な観光スポットを案内してくれる。

まずは有名なフライドチキンの店に。

店の前になぜか老人の蠟《ろう》人形があり、スパイシーなフライドチキンを出してくれる。

ひとつ食べてみるが、この世のものとは思えない旨《うま》さだった。

と連呼すると、アナスタシアはその旨さの秘訣《ひけつ》を教えてくれる。

「この店は異世界からやってきた男が作ったものです。秘伝のレシピ、一八の香辛料《こうしんりょう》を使っているらしいです」

「そんなに。だからこんなにも香《こう》ばしいのか」

「ええ、食欲《しょくよく》を引き立てる味です」

アナスタシアは身を食べ終えると、官能的に骨までしゃぶる。

ルナマリアも美味《おい》しそうに食べていた。

「身も美味しいですが、この皮が美味しいですね」

「そうだね。カリッとしていて、スパイシーだ。皮だけ売ってほしいくらい」

「ふふふ、ですわね」

と油でまみれた指を舐《な》めると三人は席を立つ。


そのまま王都を観光。

コインを投げ入れると幸せになる噴水《ふんすい》広場。

広場で行われている大道芸。

ペットショップなどを覗《のぞ》き込むと、最後は本命に向かう。

「本命……ですか？」

きょとんと首をかしげるルナマリア。

「うん、僕は魔術《まじゅつ》の神の息子だからね。何万冊も蔵書がある施設《しせつ》があるなんて聞いたら、うずうずしてしまうんだ」

「ああ、図書館に向かうんですね」

「そう。──あ、ルナマリアは退屈《たいくつ》かな？」

その気遣《きづか》いに呼応するようにアナスタシアは言う。

「王立図書館には点字の蔵書もありますわ」

「それは嬉《うれ》しいですね」

声が弾《はず》むルナマリア。

王立図書館に向かう僕ら。やはり図書館の建物は立派だった。

「たとえ国民が凍《こご》えても本を焼いて暖を取ることなかれ」

「それは？」

と尋《たず》ねたのはルナマリアだが、答えたのは僕だった。

「この国の二代目の国王の言葉だね。たとえその世代が飢《う》えても、知性さえ伝承されれば、その次の世代、子孫たちは飢えないから、という意味の言葉だ」

「さすがはウィル様です」

「たしかに知識は大事だ。大昔は知識が少なくて、麦の収穫量《しゅうかく》も少なかった。今よりももっと飢えていたんだ。しかし、効率的な開墾《かいこん》の仕方、収穫量が上がる品種の改良、人類は叡智《えいち》を結集して農耕工業生産高を上げてきたんだ」

「その通りですわ、博識ですね」

「全部、父さんの受け入りだよ」

「他者から素直に知識を学べるものを賢者《けんじゃ》というのですわ」

などと話しながら、僕たちは図書館に入った。

むせかえるような本の匂《にお》いが僕たちを包む。

軽く――いや、盛大にテンションを上げながら、僕たちは図書館の蔵書を見て回った。

一日の半分以上、滞在《たいざい》したが、本の山というのはいつまで見ていても飽《あ》きないものだった。

僕はお気に入りの小説の新刊、あるいはお気に入りの作者の新シリーズがないか探していた。

山の書庫では歯抜《はぬ》けになっていることが多かったのだ。

アナスタシアは魔術に関する小難しい本を読んでいた。房中術《ぼうちゅう》に関する本をそっと見ていたのも彼女らしい。

ルナマリアはというと、点字コーナーに行くと表情を緩《ゆる》ませる。背表紙の点字に触《ふ》れ、嬉しそうにしていた。

あとは、開くと立体的な仕掛《しか》けが飛び出てくる絵本などにも興味を示す。

やはり本は素晴らしい。三者三様、それぞれまったく違《ちが》う性格の男女がともに楽しめるのだから。

――もしも魔王復活を阻止《そし》できたら、本を作る仕事がしたいな。

そんなことを思いながら僕は閉館まで図書館を堪能《たんのう》した。

その後、ホテルに戻《もど》ると、ホテルの中にあるレストランで豪華《ごうか》な夕食を取る。

明日に備えて英気を養うのだ。

「明日は王宮に行って、そこで大臣と会ってもらいます。そこでウィル様が王の嫡男《ちゃくなん》だと確認できればそのまま国王と面会です」

アナスタシアは予定を事細かに教えてくれるが、はてさて、そう上手《うま》くいくかどうか、自分のことながら見物だと思った。

†

翌朝、三人は王都の通りをゆったりと歩いていた。

王都の往来のど真ん中で盗賊《とうぞく》や邪教徒《じゃきょうと》と出くわすのはさすがにありえないだろう。

「ですがウィル様の不運のスキルには定評があります。もしかしたら出くわすかも」

とは珍《めずら》しくもルナマリアの冗談《じょうだん》であるが、その冗談は半分実現する。

途中《とちゅう》でトラブルに出くわしてしまったのだ。

そのトラブルとは、騎士《きし》と町娘《まちむすめ》のいざこざであった。

「そこの娘！　我が家伝来の宝刀にぶつかっておいて詫《わ》びもないのか」

「す、すみません。お許しください」

どうやら騎士とぶつかり、剣《けん》に触れてしまったようだ。

町娘は何度も謝っているが、それでも騎士は許せぬ、と言う。

「ここではらちがあかない。俺の館《やかた》に来て謝ってもらおうか。誠心誠意な」

と町娘を連れて行こうとする。

好色でヒヒ親父みたいな顔をしている。

その目的は明白であったので、止めに入る。

「この子は謝っているじゃないか」

「なんだ？　小僧《こぞう》」

うさんくさげに僕のことを見つめる好色騎士。

「僕の名はウィル」

「ウィルだと？　女みたいな名前だな」

品のない高笑いを上げる騎士。

口で諭《さと》しても分からないタイプのように見えた。簡単には引き下がらないだろう。

――しかし、それでも暴力で解決はしたくなかった。

というわけで僕は騎士と町娘の間に入ると平謝りする。

「すみませんでした。騎士の魂《たましい》ともいえる剣に触れてしまって」

「…………」

僕が喧嘩《けんか》を買ったと思っていた好色騎士は唖然《あぜん》としている。

——が、すぐに性格の悪さを出す。

「お前のような輩《やから》に謝られても嬉しくはないわ。その娘が謝れ」

「すでにこの子は何度も謝っています」

「だから直接身体《からだ》で——」

本音《ほんね》を慌《あわ》てて抑《おさ》える騎士。

僕は指摘《してき》せずにこう言った。

「彼女に成り代わって僕が誠心誠意謝るので、許してください。なんでもします」

「なんでもすると言ったな。では、三遍《べん》回ってワンと鳴け、犬のように鳴け」

往来でそのような恥《はじ》をかかせるとは、と思ったのはルナマリアだった。怒色《どしょく》を示し、剣まで抜《ぬ》こうとするが、僕が押さえる。

「……ルナマリア、ここは僕に任せて」

「ですが」

小声で彼女に告げる。

「頭を下げるだけで解決できるならばそれが一番だよ。君の美しい手をこんなゲスの血で穢《けが》したくない」

「レウス父さんは言っていた。往来で道化《どうけ》を演じるのが恥《はじ》なんじゃないって。本当の恥ってのは人間の心を失うことなんだ。こいつは恥知らずだけど、こちらも恥知らずになってはいけない」

「……ウィル様」

僕はそう言うと三遍回ってワンと言う。

ただし、優雅《ゆうが》に華麗《かれい》に、力強く。

くるり、と、まるで白鳥が舞《ま》うように回転する。

往来の人々はその美しさに息を呑《の》む。

（これは治癒《ちゆ》の神ミリア母さんに習った治癒の舞《まい》の応用）

その美しさは白鳥にもたとえられる美しい舞だった。

それでこの場にいる全員の視線を釘付《くぎづ》けにすると、僕は騎士の前に顔を突き出し、「ワン!!」と大声を上げる。

すると舞に意識をとられていた男は「あひゃあ」と倒《たお》れ込む。

哀《あわ》れなくらい惨《みじ》めに尻餅《しりもち》をつく。

それを見ていた周囲の人間は笑い出す。

「情けない。三遍回ってワンをさせたほうが驚《おどろ》いている」

けらけらと笑い声が聞こえてくると、男はやっと自分が恥をかいたと認識し、怒《おこ》り始める。

腰《こし》の剣を抜こうとするが、遠くに巡回《じゅんかい》の兵士たちの姿を見たので、「ちっ」と吐《は》き捨《す》てると逃《に》げる。

自分の横暴さ、大義のなさを熟知しているのだろう。

その後、巡回の兵士に事情を話すと、僕たちは解放された。

その場に居合わせた市民たちが僕たちの正義を証明してくれたからだ。

「ふー、一件落着かな」

僕がそう言うと助けた町娘は平身低頭にお礼を言ってくる。

気にしないように諭す。

彼女はなんとか礼をしたいと言い張るが、今は時間がないと断る。

そこで、アナスタシアは言う。

「あら、お礼ではないですが、そこのカフェでお茶でも飲んできてください。実はわたくし、ホテルに忘れ物をしまして、いったん戻ろうと思っていました」

「それは大変だ。じゃあ、そこのカフェで待っているね」

「それではわたしがお代を……」

アナスタシアは娘の身なりを見ると首を横に振《ふ》る。

「お代はわたくしが払《はら》いますわ。わたくしの名前を出せばツケになりますから」

それでは困ります、と町娘は言うが、僕たちは気にせず彼女をカフェに誘《さそ》った。

王様が払ってくれるから、とは言わなかったが、まあ、お茶代くらい陛下に出してもらってもバチは当たらないと思った。

こうして僕たちはアナスタシアといったん別れた。

娘さん、ルナマリア、僕はカフェに入るとそれぞれに注文をし、今後、あの手の輩に会ったらどうするべきか対応策を話し合った。

王都の目抜《めぬ》き通りにあるカフェは想像以上に高かったけど、町娘から色々な話を聞けた。

最近、ああいう手合いが増えていること。

国王の病気によって治安が乱れていること。

この国の治安を守るべき騎士があああなのだがら、さもありなん。だが、笑い飛ばすことはできなかった。

治安が乱れれば国力は弱り、それに乗じて、ゾディアック教徒どもが伸張《しんちょう》するかもしれないからだ。

「ウィル様が国王になる以外の方法でこの国の乱れを正せればいいのですが……」

と自身のあごを触《さわ》り、真剣《しんけん》に悩《なや》んでいるルナマリア。

僕は冗談めかして、

「ルナマリアも僕がこの国の王になるのは反対なんだね」

と言った。

町娘も冗談だと思ったようで呼応してくれる。

「そりゃあ、ウィルさんが国王になったら、お嫁《よめ》さんになれませんものね」

その言葉を聞いたルナマリアは珍しく頬《ほお》を真っ赤にした。


三人がそのようなやりとりをしている頃《ころ》。

先ほどの騎士は面白《おもしろ》くなさそうに歩いていた。

「まったく、恥をかかされたわい」

いらいらとしている騎士は市民に怒鳴《どな》り散らし、歩いていた猫《ねこ》に蹴《け》りを入れる。

ふぎゃあー、という声と共に猫はその場に倒れた。

「ふん、小汚《こぎたな》い猫だ。靴《くつ》が汚《よご》れてしまったではないか」

ぺっ、と唾《つば》を吐くと、騎士は路地裏に消えた。

それを遠くから見ていたのはアナスタシア。急いで猫のもとに近づくと回復魔《ま》法《ほう》を掛《か》ける。

「……回復魔法は苦手なのですが。――でも、大丈夫《だいじょうぶ》だったようですね」

一命を取り留めた猫はきょとんとしていたが、すぐに『人間』が危険なことを思い出すと、逃げていった。

アナスタシアはそれを悲しげに見つめながら言った。

「……お仕置きが必要ですわね」

――と。

腹の虫の居所が悪い騎士は、そのまま娼館《しょうかん》街に向かう。女を買って気を取り直すのだ。しかし行きつけの娼館にお断りされる。前回、娼婦を乱暴に扱《あつか》って出禁を喰らってしまったようだ。

「……ふん、淫売《いんばい》め」

と罵《ののし》ると騎士は店を変える。

馴染《なじ》みの店などいくつもあるのだ。と裏路地に入ると路地の間から、にゅっと綺麗《きれい》な足が見える。

黒いタイツに包まれた足、作り物めいた美しさにぎょっとしてしまう。

しかし、すぐにそれが人形でも魔法生物でもないと気が付く。

路地裏から足を出しているのは世にも美しいエルフだったのだ。

彼女は半裸《はんら》のようなドレスを着ている。その姿は信じられないほど美しいが、顔はよく見えない。フードをかぶっているのだ。

「……まあ、顔などどうでもいいが」

あのように美しい身体《からだ》を持っていて顔が不細工なわけがない。それに万が一、不細工だったとしても顔を見なくてもすむ方法はいくらでもあるのだ。

自分を納得させると、彼女に値段を尋《たず》ねる。

彼女は「ただでいいわ……」と妖艶《ようえん》に言った。

「ただだと？　お前は美人局《つつもたせ》か。色町で美人局は大罪だぞ」

「……まさか、そんな。──騎士《きし》様に惚《ほ》れただけですわ。抱《だ》いてくださいまし」

なんだそうか、と言うと、騎士は単純にも彼女を暗がりに連れ込むが、その行動は愚《おろ》かすぎた。

「どれくらい相手をしてくれるんだ？」

騎士が問うと、娼婦は国が傾《かたむ》くほどの笑みを浮《う》かべながら言った。

「旦那《だんな》様の自由ですわ。どんなに早くても、どんなに時間を掛けても……」

「可愛い娘《むすめ》ではないか」

と娼婦に手を掛けた瞬間《しゅんかん》、男の意識が暗転する。いや視界が真っ赤になった。

べとり、と自分の身体から流れる血を確認すると、騎士はその場に倒れ込む。逃げだそうにも足の周りにはいつの間にかツタが絡《から》んでおり、動くことさえできなかった。

それを痛快に見つめるのは、娼婦に扮《ふん》したアナスタシア。

彼女は騎士を蔑《さげす》むように見ると言った。

「――感謝することね。ウィル様が見つかったという慶事《けいじ》を血で汚したくないから、命だけは助けてあげるわ」

そう言うとアナスタシアは騎士の頭を踏《ふ》みつけ、呼び出しておいた部下に縛《しば》り上げさせる。

「本当ならば首を切り取ってデュラハンにしてやりたいところだけど、最前線に送るだけに留《とど》めてあげる」

あんなにも女に偉《えら》そうにできるのだから、さぞ腕《うで》が立つことだろう。

「お国のために尽《つ》くしてらっしゃいな」

アナスタシアは「バイバイ！」そうにっこりと手を振るとあとの処置を部下に任せた。

誰《だれ》もいなくなると、路地裏から空を見上げる。

路地裏から見上げる空は目抜き通りから見上げるそれよりもどんよりとしているような気がした。

アナスタシアは軽く溜《た》め息《いき》を漏《も》らすと言った。

「……ふう、わたくしも丸くなったものね」

その原因は前述の通りウィル少年のせいであったが、それがいいことなのか、悪いことなのか、今のアナスタシアには計りかねた。

†

カフェでお茶を飲んでいると、アナスタシアが戻《もど》ってくる。

彼女が支払《しはら》いをしてくれると町娘は深々と頭を下げた。

僕たちは気にしないように言うが、彼女と別れるとルナマリアは誇らしげに胸をそらす。

「ウィル様は英雄《えいゆう》の中の英雄ですが、紳士《しんし》の中の紳士でもありますね。すべての女性の救世主です」

「大げさな」

「大げさなものですか。ウィル様の快男児ぶりは見物人の女性たちをときめかせていましたよ」

アナスタシアは、

「ルナマリアさんは恋《こい》をしたことがあるのですか？」

と問う。

「あ、ありません」と、言いながら僕のほうを軽く見るルナマリア。

「――ですが、恋する女の気持ちは分かりますわ。まず顔が紅潮する。呼吸が速くなる。動悸《どうき》が激しくなる」

思わぬ回答に苦笑してしまう僕とアナスタシア。

「生体反応で見分けてるんだね」

色々な意味でさすがはルナマリア、と思った。

「まあ、その観察は間違《まちが》っていないでしょう。もしもウィル様がこの国の王になれば、女性の支持率は高くなりそうです」

「そのことだけど、僕は王様になる気はないのだけど」

「ふふふ、分かっていますわ。でも、陛下との面会だけでも」

「その前に大臣に僕が本物の王子なのかどうか見てもらわないといけないんだよね？」

「ですわね」

と言っていると王宮の入り口が見えてくる。

僕たちは正門ではなく、その横にある通用門から入った。

さすがは近衛《このえ》騎士団の団長、ほぼ顔パスで入ることができた。

王都アレクシスの宮殿《きゅうでん》は呆《あき》れるくらいに大きく、呆れるくらいに広い。

僕が今まで見てきた王都の建物すべてを合わせたほどの巨大《きょだい》さだった。

広大な庭園に、いくつもの大きな建物があり、その中でも一番立派なのが国王の住んでいる本殿《ほんでん》らしい。

僕らは本殿――ではなく、その横にある建物に向かう。

そこで大臣と面会するわけである。

これまた豪華《ごうか》な応接室に入ると、上座《かみざ》に座って大臣を待つ。

普通《ふつう》大臣が上座では？　と思わなくもないが、アナスタシアはこれでいいのだという。

ルナマリアは超然《ちょうぜん》としている。神の前では上も下もないらしい。

まあ、いいか、と受け入れると室内を見渡《みわた》す。

大きさや作りだけでなく。置かれている調度品も立派だ。

最初に見た工芸品は、とあるドワーフの名工のものだった。

次に見たのはコビット族の陶芸家《とうげいか》の花瓶《かびん》。そこに挿《さ》されているのは一日しか咲《さ》かない蘭《らん》であった。

なんでも毎日その蘭を入れ替《か》えているそうだ。

金持ちの発想はすごい、と思っていると、ルナマリアがぴくりと反応する。

僕も神経を集中させると、廊下《ろうか》の奥からかつかつと靴《くつ》の音が聞こえる。

歩調からして大物感が漂《ただよ》っている。複数の人間を連れていることも分かる。

おそらく大臣だろうと言うとアナスタシアはご名答と言う。

彼女は続ける。

「それにしても一国の大臣と会うのに、両者緊張《きんちょう》されないのは素晴らしいですわ」

「ルナマリアはいわずもがな。僕も幼い頃《ころ》から下界から切り離《はな》されていたから、大臣と言われてもぴんとこないんだよね。あ、もちろん、偉そうにはしないよ」

「いえいえ、ウィル様はこの国の王族、偉そうにしてくださいませ」

アナスタシアは続ける。

「これから会うクラウス司法卿《きょう》はとても気さくなお方。それに慧眼《けいがん》の持ち主なのですぐにウィル様を本物の王子だと見抜《みぬ》くでしょう」

「そうかなー。どこの馬の骨だー！　と叱責《しっせき》されないか心配だよ」

と言っていると応接間のドアを叩《たた》く音が。大臣である。

偉丈夫《いじょうふ》が悠然《ゆうぜん》と室内に入ってくる。

どのような人物であろうか、どのような言葉をもらうか、この期《ご》に及《およ》んでやっと緊張してきた僕。

クラウス卿を見つめる。

彼の年齢《ねんれい》は五〇歳くらいだろうか。白髪《しらが》が多めのロマンスグレイの男だった。初老に差し掛かっていたが、背筋がピンとしており、顔に皺《しわ》がないので若く見える。

とても威厳《いげん》のある風貌《ふうぼう》をしていた。さすがは一国の大臣である、と思っていると、彼はいきなり涙《なみだ》を流し出す。


「お……おぉ……若かりし頃の国王陛下の生き写しだ……」


と、うめき声を上げるとその場で崩《くず》れ落ち、流れるように平伏《へいふく》する。

「……この方こそ、ウィリアム・アルフレード殿下《でんか》だ。わしが長年、探し求めたお方、この国を導いてくるお方。この国の王位を継《つ》ぐお方」

クラウスはそう言い切ると、深々と頭を下げた。

僕は、

「……え」

と、ばつが悪そうに固まっている。

このような偉そうな人に頭を下げられ、ひざまずかれるとは夢にも思っていなかったからだ。

僕はその後、五分、自分は王子様ではないと思うと説明したが、クラウスは信じてくれなかった。

五分後、僕は肩《かた》を露出《ろしゅつ》させる。

ほくろがないことを確認してもらうためだった。

上半身裸《はだか》になった僕を見て、クラウスは言う。

「ほう……、殿下、素晴らしいですな。その筋肉の付き方」

「…………」

ほくろを見て欲しいのだが。

「超人的《ちょうじん》ではないが、理想的な筋肉だ。さぞ、幼き頃から鍛錬《たんれん》に明け暮れたのでしょう。神々に感謝せねば」

「僕が神々に育てられたことは知っているのですね」

「わしがアナスタシアに調べさせましたからな」

アナスタシアに視線をやると、微笑《びしょう》を浮かべる。

「ほくろがないのは想定外ですが、王のご嫡男《ちゃくなん》が神々に育てられるとは素晴らしい。古典文学、神話時代の貴種流離譚《きしゅりゅうりたん》のようだ」

「僕はたぶん、王様の子じゃないと思います」

「根拠《こんきょ》は？」

「そんなだいそれた人間ではないからです」

「この宮殿を見てもそわそわしますかな」

「はい、ちょっと落ち着きませんね」

「それは慣れでしょう。わしも初登城のときは緊張したものです」

と言うとクラウスは、僕の手を引く。

結構強引《ごういん》というか、力が強かった。

「あ、あの、どこへ」

「ウィリアム様が殿下だと確信したので、陛下に会って頂こうかと」

「え？　ええー！　いきなり⁉　だ、大丈夫《だいじょうぶ》なんですか？」

「親子なのです。いつ会ってもいいでしょう」

「いや、百歩譲《ゆず》って親子だとしても、国王陛下って今、ご病気なんですよね？　そういう意味です」

「本日は珍《めずら》しく気分が良いとおっしゃっていました。王子が来ることを予感していたのかもしれません」

だから僕は、と言い掛《か》けたがやめる。ルナマリアが軽く僕の腕に手を添《そ》え、首を横に振《ふ》ったからだ。

「……陛下は長くありません」

それが彼女の答えだった。つまり、本物でなくてもいいから、最後に面会してあげなさい、ということだろう。

彼女の勧《すす》めはもっともだったので、僕は黙《だま》ってクラウス卿の後ろについて行った。

†

国王陛下の寝室《しんしつ》は本殿にある。

そこで静養中とのことであったが、そこに向かうことはできなかった。

途中《とちゅう》、妨害《ぼうがい》に遭《あ》ったからである。

本殿に入ろうとすると、兵士たちが僕らを囲んだ。

それを見たクラウス卿は激高する。

「このわしを、いや、このお方をどなたと心得る。恐《おそ》れ多くも王のご子息であらせられるぞ」

裂帛《れっぱく》の気迫《きはく》に兵士たちはたじろぐが、彼らの前に一歩出たのは、長髪《ちょうはつ》の貴族であった。

「クラウス卿、そのものが兄上の息子であるというのは本当か」

「……ヴァーミリオン殿下……か」

クラウス卿は不快感を隠《かく》さなかった。

僕は小声でアナスタシアに尋《たず》ねる。

「……彼は？」

「……ヴァーミリオン・フォン・ミッドニア。この国の国姓《こくせい》を持っていることからも分かると思いますが、王族の方です。陛下の弟様ですね」

「……王弟《おうてい》ってやつだね」

「……はい、あなたの叔父上《おじうえ》様です」

と言うが、彼女の言葉に尊敬の成分はなかった。

なんでも彼はこの国の王位を狙《ねら》っているらしい。現国王には女児がふたりいるらしいが、そのうちのひとりと自分の息子を結婚《けっこん》させ、次期国王とするのが夢だという。

まあ、それだけならばミッドニア家だけの問題であるが、この「長髪おかっぱちょびひげ野郎《やろう》」（アナスタシアの言葉をそのまま引用）は、国政を壟断《ろうだん》し、私腹を肥やし、民《たみ》を顧《かえり》みないことで有名だった。比較的《ひかく》安定しているミッドニアにおいて彼の領地だけ一揆《いっき》の数が突出《とっしゅつ》していることからも彼の政治の苛烈《かれつ》さが分かる。

せめてあと五里隣《となり》の村で生まれたかった。地獄《じごく》とは王弟の領地のことである。という戯《ざ》れ歌が流行《はや》るくらいなのだそうだ。

王弟の人となりを把握《はあく》した僕はまとめる。

「……つまり彼は王位についてはいけない人、ということだね」

「……左様でございます」

というやりとりをしていると、クラウス卿とヴァーミリオンの喧嘩《けんか》が始まる。

「このお方は陛下が長年探し求めていたご子息であらせられる」

「証拠《しょうこ》はあるのか？」

「ありませぬ」

「は、笑止。お前の魂胆《こんたん》は分かってるぞ、どこの馬の骨とも分からないものを連れてきて、傀儡《かいらい》にするつもりだろう。王国に巣食う寄生虫め」

クラウスはむっとしたが、「それはお前だろう」とは言わなかった。

代わりに僕の顔を見るように言う。

「このものの顔を見れば陛下の血筋だと分かるはずでしょう。面影《おもかげ》がある。それにあなたにも似ている」

「…………」

ヴァーミリオンが沈黙《ちんもく》したのは僕の顔にわずかに兄の面影を見たのかもしれない。

「似ている子供などごまんといるわ」

答えに窮《きゅう》したヴァーミリオンは核心《かくしん》を突《つ》く。

「話していても埒《らち》があかない。そのものが陛下の子供だというならば証拠を見せよ」

「…………」

沈黙するクラウス卿。肩にホクロがないのは確認済みなのである。

証拠がない、と悟《さと》ったヴァーミリオンは強気になる。

「その様子では証拠はなさそうだな。ならば大人しく立ち去るのだな」

ぐぬぬ！　と顔を歪《ゆが》めるクラウスに変わって一歩前に出たのはアナスタシアだった。

「証拠ならばありますわ」

凜《りん》とした表情、勇気に満ちあふれた態度だった。

アナスタシアを見てヴァーミリオンは胡散臭《うさんくさ》げに言う。

「何者だ、貴様は」

「陛下直属の第三近衛騎士《このえきし》団の団長のアナスタシアですわ」

「第三？　ああ、あの最近創設された小規模の」

「規模は関係ありません。わたくしたちの任は国王陛下を守ること、それに王子を探し出すことですわ」

「そこで連れてきたのがこの偽物《にせもの》か」

「偽物ではありません。しかし、今は明確な証拠がないのも事実」

「やっと認めたか」

「ええ、ですからこれから証拠を持って参ります」

「ほう、どのような証拠だ」

「ぐうの音《ね》も出ないほどの証拠を」

アナスタシアが妖艶《ようえん》に笑ったためだろうか、ヴァーミリオンはたじろぐ。彼はそれを隠すため、声を荒《あら》げながら言った。

「いいだろう。それでは証拠を持ってこい。俺が納得したら陛下との面会を認めよう」

「期限はありますか？」

「ない。――ないが、まあ、今の陛下の健康状態だと」

そう言うとにやりと口角を上げる。蛇《へび》みたいな笑みを浮《う》かべる。

「……分かりましたわ。すぐにでも証拠を持ってきます」

とアナスタシアが言うと、僕たちはいったん、引き下がった。


先ほどの応接間に戻《もど》ると、クラウスは部屋の端《はし》にあったゴミ箱を蹴《け》り飛ばす。

それほど腹立たしいのだろうが、すぐに冷静さを取り戻すと、僕に頭を下げる。

「殿下《でんか》、お見苦しいところをお見せした。それにこのようなことになり、申し訳ない」

「気にしないでください。クラウス卿《きょう》。てゆうか、アナスタシアに秘策があるようですし、そこまで悲観しなくてもいいかも」

「おお、そうだった。アナスタシアよ、なにか証拠を持ってくると大見得を切っていたな」

一同の視線がアナスタシアに集まると、彼女は「ええ」と微笑んだ。

「わたくしには秘策があります」

「拝聴《はいちょう》しようか」

一同は席に座るとアナスタシアの話を聞く。

「この国の国境、不浄《ふじょう》の沼《ぬま》付近にある古城はご存じでしょうか」

一同は知らない、と言う。そこまで細かい地理に詳しくないのだ。

「まあ、当然ですわね」と言うアナスタシア。彼女は懇切丁寧《こんせつていねい》に説明してくれる。

「この王都のさらに南、国境付近に不浄の沼と呼ばれる沼地があります」

「たしか聖魔《せいま》戦争のときに戦場になって汚染《おせん》された場所だよね」

「さすがはウィル様。ご名答」

アナスタシアはにこりと言う。

「それ以来、毒の沼地となったのですが、そこに古城があり、さらにそこに『真実の鏡』と呼ばれる鏡があるとか」

「真実の鏡……、アーティファクトかな」

「正解です。そのアーティファクトはこの世界の真実をさらけだす鏡と言われています。その鏡を使えばウィル様が王子であると証明できるかと」

「なるほどね、たしかに道理だ。――でも、そこはかとなく危険が待ち構えていそうな気がする」

「それもご名答です。古城には二つ名付きのトロールが住み着いています」

「……二つ名付きのトロール」

ただのトロールでも厄介《やっかい》なのに、二つ名付きとは厄介すぎである。

一同はしんと静まりかえるが、アナスタシアは言う。

「しかしウィル様ならば問題なく討伐《とうばつ》できるでしょう。問題なのはここまでの厄介ごとを解決してもウィル様になんの得もないということです」

「そういえばそうかも」

「ウィル様、それでも真実の鏡を取りに行ってくれますか」

僕はしばらく考えた末に了承《りょうしょう》する。

一番意外な顔をしたのはアナスタシアだった。

彼女は僕の顔を覗《のぞ》き込むと、なぜ、ウィル様はこのような厄介ごとを引き受けてくれるのですか、と問うた。

僕は頭の中の考えを言語化する。

「僕に得はないけど、王様には得があるから」

「と申しますと？」

「僕は王様の子供ではないと思う。でも、そうならそうでそのことをちゃんと伝えたい」

その言葉を聞いたルナマリアは「さすがはウィル様です」と称揚《しょうよう》し、アナスタシアはぱちくりと目をしばたたいていた。

最後に「ウィル様のように常に人のために行動できる人はこの世界にいません。もしも王様の実の子でなくてもこの国を治めて頂きたいです」と言った。

その言葉を聞いたクラウス卿は、「滅多《めった》なことを言うものではない」と彼女を叱《しか》るが、次の瞬間《しゅんかん》には首肯《しゅこう》していた。

「……いや、わしにアナを怒《おこ》る資格はないか。似たようなことを考えてしまったのだから」と言った。

皆《みな》、僕に対する評価が高すぎな気がするが、ともかく、僕は南の古城へ向かうことにした。

クラウス卿は道中の資金をすべて出してくれるそうだ。

金貨の詰《つ》まった革袋《かわぶくろ》をどんと置く。

これだけあれば毎日、最高級の宿屋に泊《と》まってもお釣《つ》りがきそうであった。

第四章　不浄《ふじょう》の沼《ぬま》の城

†

このようにして旅立つことになった僕たち。聖なる盾《たて》のイージスが疑問を述べてくる。

『てゆうか、大臣がスポンサーなんだから、騎士《きし》団の一個くらい派遣《はけん》してさくっととってくればいいんじゃね？』

ごもっともであるが、それは無理だ。

アナスタシアは言う。

「あまり目立つ行動をすればヴァーミリオン卿《きょう》が動きましょう。真実の鏡どころか我々全員が抹殺《まっさつ》されます」

「ということは忍《しの》びながら旅をする、ということだね」

「はい、夜陰《やいん》に乗じてこの宮殿《きゅうでん》を出ます」

「それで王弟《おうてい》の目をごまかせるかな？」

「この城には無数の抜《ぬ》け道があります。王弟殿下もすべては把握《はあく》していないでしょう」

と言うと、アナスタシアが応接室の絵画の裏をカチャリとやる。

するとガガという音とともに隠《かく》し扉《とびら》が開き、その奥に抜け道が続く。

「忍者屋敷《にんじややしき》みたいだ」

と言うとクラウスは笑いながら肯定《こうてい》した。

「たしかに東洋の忍者屋敷のようであろう。しかし、ミッドニアにおいても古来からこのような仕掛《しか》けは多用されている。王族というのは常に命を狙《ねら》われているからな」

ちなみにこの仕掛けを作ったのはクラウス卿のご先祖らしい。何世代前かのご先祖が、万が一に備え、当時の国王に命令されて作ったのだ。

いまだに王が通ったことはないらしいが、このように子孫が利用するようになるとは、ご先祖様も思っていなかったに違《ちが》いない、とクラウス卿は含蓄《がんちく》を語り送り出してくれた。

最後に彼は握手《あくしゅ》を求めてくる。力強い握手だ。おざなり感はまったくなかった。

「面倒ごとに巻き込んでしまった感はあるが、わしは貴殿《きでん》を王のご嫡男《ちやくなん》だと信じている。早くそれを証明してほしいとも」

その表情があまりにも真剣《しんけん》だったので、いつものように否定することはできない。

「……努力します」

曖昧《あいまい》に言うと、僕たちは抜け道に入った。

抜け道の入り口は小さいが、なかはそれなりに広かった。すべて石造りで、等間隔《とうかんかく》に魔《ま》法《ほう》式の照明がある。

王族が使うものだから、豪勢《ごうせい》に作られたのだろう。

僕たちとしては有り難かったが、ルナマリアはぽつりと不平を漏《も》らす。

「……民《たみ》の血税が、無駄《むだ》に使われています」

見方を変えればその通りなのだけど、そのお陰《かげ》で誰《だれ》にも知られず無事に城を抜け出せるのだから、その不満は的外《まとはず》れでもあった。

ルナマリアも分かっているのか、それ以上なにも言わない。

しばらく歩くと行き止まりになる。アナスタシアがスイッチのようなものを押す。

ゴゴゴ
と岩戸が開くと、光が漏れてくる、抜け道の外は王都郊外《こうがい》のようである。

「王都の門を通り抜ける手間も省けたね」

「ですわね。王弟はきっと門を見張っているでしょうから」

「これでひっそり出る、という目的は果たしたけど、問題は例の古城まで無事に着けるか、だね」

僕はふたりを交互《こうご》に見る。

ふたりはなにごとですか、という顔をする。

「盲目《もうもく》の巫女《みこ》に、樹の勇者、どちらも一度見たら忘れられない美人。歩いているだけで目立ちそうだ」

美しさは罪ですわ、と応じてくれたのはアナスタシアだけだが、彼女も僕に言いたいことがあるようだ。

「わたくしは掛《か》け値《ね》なしの美人ですが、ウィル様も相当に目立ちましてよ」

「そうかな」

「そうです。女の子みたいな可愛らしい顔立ち、そしてなによりもそこにいるだけで他人を引きつける魅力《みりょく》があります」

「うーん、それは過大評価じゃ」

「過大評価なものですか。まあ、本質的な存在感は隠せないもの。それがトラブルを招くこともありますが、ウィル様ならばはねのけることでしょう」

と言うとアナスタシアは歩き出した。手のひらに魔《ま》方陣《ほうじん》を出している。コンパスの魔法のようだ。

南へまっすぐ行けば古城に到着《とうちゃく》するが、目立たぬように街道は使わない方針らしい。

ショートカットしたほうが時間節約にもなるそうだ。

「しかも馬まで貸してくれるとは豪気《ごうぎ》だね」

「立派な馬です」

僕とルナマリアが賞賛するとアナスタシアは微笑《ほほえ》む。

「ミッドニア王室の財源は豊かなのです。それに気前も良い。王国一の駿馬《しゅんめ》ですので天を翔《かけ》るかのように進むでしょう」

軽く自慢《じまん》げに言うが、不安要素も明言する。

「ただし、街道の外には魔物がいることがあります。運悪く出くわさなければいいのですが」

と言うが、さっそく、出くわす。

しばらく歩くと草むらからホーンラビットと呼ばれる角の生えた兎《うさぎ》が出てくる。

低級のモンスターであるが、凶暴《きょうぼう》なことで有名だった。

――そして食べられることでも。

角が生えている以外、兎と一緒《いっしょ》なのである。

というわけで僕たちはホーンラビットを狩《か》ることにする。

身を傷つけないように魔法を使うことなく、短剣のみで戦う。

さくっと兎の首をかききると、そのまま尻尾《しっぽ》を持って、木に吊《つ》り血抜《ちぬ》きをする。内臓も抜く。

しばらく血抜きをすると、部位ごとに切り分けて鍋《なべ》に入れる。

兎は足が早いので早めに食べたほうがいいのだ。

塩で茹《ゆ》でただけの兎のシチューを食べながら思う。

「やっぱり王都で長く暮らすと冒険《ぼうけん》者としてのレベルが落ちるな」

昔はご馳走《ちそう》に思えた兎のシチューも、王都の酒池肉林の前では貧弱に思えた。

ただこれはなれの問題だろう。

数日、旅を続ければ、元の感覚を取り戻《もど》せるはずだった。

……だよね？

塩味のシチューを食べ終わると、先日、ホテルで食べた豪勢な食事が脳裏《のうり》に浮《う》かんだ。

†

食事の味気《あじけ》なさを嘆《なげ》いていられるうちは健康だ。

と、つぶやいたのは水晶《すいしょう》玉でウィルのことを見つめていた魔術の神ヴァンダルだった。

夕食後、ヴァンダルはウィルのことが気になり、貴重な水晶玉を使ってウィルを見守っていたのだが、魔力《まりょく》の波動を察知したのか、五月蠅《うるさ》い連中が研究室に飛び込んでくる。

「ちょっと、ヴァンダル、あんた、ひとりで水晶玉使っているでしょ」

治癒《ちゆ》の女神ミリアは血相を変えながらやってくる。

「なんだと⁉ ヴァンダルよ、お前には仲間を思う気持ちがないのか」

釣られて剣神ローニンもやってくる。

ヴァンダルは苦虫をかみつぶしたかのように言う。

「お前たちはぎゃーぎゃー五月蠅いんじゃ。おちおち息子の顔も見ていられん」

「そんなこと言ったって、ウィルの顔を見たら平常心は保てないでしょう」

「そうだそうだ」

共闘《きょうとう》するふたり。これはどんなことがあっても去ることはないな、と思ったヴァンダルは妥協《だきょう》する。

遠見の水晶玉は有限なのである。

「仕方ない。一緒に見せてやるが、あまり耳元でぎゃあぎゃあ言うなよ」

「分かってるって」

手もみをしながら水晶玉を覗《のぞ》き込むローニン、久しぶりの息子に感嘆《かんたん》する。

「……ウィルのやつ、立派になりやがって、一回り大きくなったんじゃないか」

「そう？　私はちょっと痩《や》せたように見えるけど。ちゃんと食事は取ってるのかしら」

「どっちも杞憂《きゆう》じゃ。大きくなってもいないし、飯もちゃんと食べている」

「ヴァンダルよ、お前、もしかして定期的に見ているのか」

「ああ」

と悪びれずに言うが、ふたりが怒気《どき》を発する前に続ける。

「ここ最近、時折ウィルを見ているのだが、ひとつ気になることがある」

「気になること？」

「そうじゃ。――おぬしたちに隠し立てしても始まらんから、ことの経緯《けいい》を話すが、今、ウィルの実の親を名乗る連中が現れている」

「実の親ですって⁉」

私がパーティーから外《はず》れたあとにそんなことになっているなんて……。

絶句するミリア。

しかし、ミリアはそれが気にくわなかったのだろう。彼を難詰《なんきつ》する。

ローニンも沈黙《ちんもく》する。

「そこの剣術馬鹿《ばか》。なんでなにも言わないのよ。このままじゃ可愛いウィルが人の手に渡《わた》ってしまうじゃない」

「……そうだな」

ぽつりと言うローニン。

しかし、と続ける。

「……ウィルだって木の股《また》から生まれてきたわけじゃないんだ。父もいれば母もいるとは思っていた。まさか、この歳で見つかるとは思っていなかったが」

「その口ぶりだとそいつらに親権を譲《ゆず》るっていうんじゃないでしょうね」

「まさか。そうそう簡単にはやれん。——だが、それを決めるのはウィル本人だと思っている」

「あの子は私の可愛い子よ」

「だがもう大人だ。本当の両親がいるのならばそちらを選ぶのもありだろう」

こいつ正気？　と目を見開くミリア。

助けを求めようとヴァンダルを見るが、彼も同様の意見のようだ。

「親権などどうでもいい。だが、ウィルが本当の親の跡《あと》を継《つ》ぎたいのならばそれもいいと思っている」

「ウィルは山の動物たちの治癒師になるの！」

ミリアは強硬《きょうこう》に主張するが、ヴァンダルの耳には届いていなかった。

（……わしとてウィルに魔術の真理を探究してほしかったわい）

だが、それもそれで勝手な言い分なのだろう。

ウィルがもし、本当に王の子であるのならば、ウィルがこの国の王位を継がなければいけないのだ。

それはそれで険しい人生だろうが、王になる宿命というのはどのようなものにも阻《はば》めないものである。

ウィルは「なにかを成し遂《と》げる子供」だとヴァンダルは思っていた。

それがなんなのか、ヴァンダルはいまだによく分かっていなかったが、王位に就《つ》く、というのもウィルの選択肢《せんたくし》であるような気がしていた。


「……へっくし」

くしゃみをするウィル。

「大丈夫《だいじょうぶ》ですか？　お風邪《かぜ》でもめされたのでしょうか」

と鼻紙を取り出し、ちーんとしてくれるルナマリア。

「そんなことはないんだけど。誰か噂《うわさ》でもしているのかな」

神々が水晶玉で見ているとも知らず、のんきに言う。

僕は改めて周囲を見渡《みわた》すが、どこまでも平原が広がっていた。

「結構歩いたけど、思ったよりもモンスターに出遭《であ》わないね」

「そうですね、日頃《ひごろ》の行いがいいからでしょうか」

ルナマリアは微笑むが、アナスタシアは冷静に補足する。

「不浄《ふじょう》の沼《ぬま》にいけばそのような悠長《ゆうちょう》なことは言っていられません」

「……そこは危険なところなの？」

「二つ名付きのトロールが支配する地ですから」

それに、と続ける。

「王弟《おうてい》の襲撃《しゅうげき》がないのも気になりますわ」

「それは僕たちが上手《うま》く撒《ま》いたからじゃ」

「王弟自身は間抜《まぬ》けです。たしかに上手く撒けたでしょうが、彼の後ろで蠢《うごめ》く存在が見えないのが気になります」

「王弟の黒幕？」

「はい。彼の後ろには邪教徒《じゃきょう》がいると思われます」

「ゾディアック教団か」

「王弟が邪教徒と知っていて力を借りているかは不明ですが、邪教徒は王弟に協力していると見て間違《まちが》いないかと」

「魔王《まおう》復活を企《たくら》むやつらと手を組むなんてあくどい人だな」

「悪魔に魂《たましい》を売っても王位がほしいのかと」

王位とは、権力とはそれくらいに魅力《みりょく》的なものなのだろうか。山育ちの自分には分からなかった。

ただ、ひとつだけ分かることは、不浄の沼が近づいてきたということだ。

先ほどから空気が淀《よど》み、瘴気《しょうき》のようなものを感じる。

平原から湿地《しっち》帯に変わり、その湿地の水も淀んでいる。

「ここが不浄の沼か……」

その言葉通り、陰気《いんき》で辛気《しんき》くさい場所であった。

†

不浄の沼と呼ばれる湿地帯に入ると、モンスターの気配が濃厚《のうこう》になったような気がする。

ドクガエル、フライングフィッシュ、ゼラチンウォール、ビッグトータスなどの化け物を散見する。

どいつも強そうである。

僕たちはモンスターハンターではないので、極力戦闘《せんとう》を回避《かいひ》するが、回避できない戦闘もある。

しかし、なるべくならば体力と魔力を温存しておきたい。

そのように考えていると呑気《のんき》な声が左腕から聞こえた。

『じゃじゃーん！　こんなときこそボクの出番!!』

見れば聖なる盾《たて》が光っている。

「なにかいい案でもあるの？」

『あるさ。ボクの特技は雑魚《ざこ》モンスターを掃討《そうとう》すること。一対一にも強いけど、一体複数にも強いよ。――あ、さっそく複数のモンスターがやってきた。ウィル、ボクをぶん投げて』

「分かった」

と光っている聖なる盾を投げると、盾は『びゅーん!!』と飛んでいく。光の軌跡《きせき》を描《えが》きながらモンスターをなぎ倒《たお》す。その姿を見てルナマリアは、「さすがはウィル様です」と飛び跳《は》ねた。アナスタシアも感心した表情で言う。

「英雄《えいゆう》は装備品も一流という格言がありますが、ウィル様はその格言の通りですね」

「僕が英雄かは別にして凄《すご》い盾だ。さすがはイージス」

僕の左手に戻ったところでそう褒《ほ》め称《たた》えると、イージスは『えっへん』と胸を張る（？）。

その後、何匹《ひき》かのドクガエル、ゼラチンウォールなどを倒すと、まっすぐに古城に向かった。

すると道中、魔物が何匹か倒れていることに気が付く。

明らかに金属の武器で斬《き》られたような痕《あと》がある。

ルナマリアがそう尋《たず》ねたすぐあとに、人間の死体も見つける。

「……これは？」

真っ黒な法衣を着ていた。

「……あの法衣は」

何度も見たことがある法衣だった。

アナスタシアのほうに振《ふ》り向き、確認すると彼女もうなずく。

「あの死体はおそらくゾディアック教団ですね」

「ルナマリアもそう思うよね」

「はい。邪教徒のコスプレが局地的に流行でもしていれば別ですが」

「その可能性はなさそうだ。——やつらは僕たちがここにやってくると踏《ふ》んで先回りしていたのかな」

「その可能性が高そうです」

と言うとルナマリアは心配げにこちらを見てくる。

「このままでは虎口《ここう》に飛び込むようなものではないですか」

「だね」

僕もそれを認めるが、ここまできて帰るという選択肢はなかった。

その決意を表明すると、左腕の盾が『ひゅー』と口笛を吹《ふ》く。

『さすがはウィルだね。格好いいよ』

と言ってくれる。

ルナマリアも最終的には僕の決断を尊重してくれた。

なにか言っても聞き入れるタイプではないと諦《あきら》めたのかもしれないが。

ともかく、僕たちは古城の中に入る。

不浄の沼の古城は思ったよりもしっかりしていた。人の手は入っていないはずなのに小《こ》綺麗《ぎれい》なのである。

なんでも魔法の力によって朽《く》ちないようになっているとか。

魔法とは本当に便利なものであるが、その代わりこの城はとても陰気だった。

今にも幽霊《ゆうれい》が出てきそうな雰囲気《ふんいき》である。

実際、この城は幽霊型のモンスターの巣窟《そうくつ》だったらしい。

だった、という言葉からも分かる通り、今現在の城主は怪力《かいりき》型のトロールであるが。

「前の城主のアンデッドを追い出して二つ名トロールがこの城を支配したらしいです」

「幽霊には物理攻撃《こうげき》が無効なはずだけど」

「おそらく、魔法が付与《ふよ》された武器を所有しているのでしょう」

と言うと、遠くから「ぎゃあああー!!」という悲鳴が聞こえてくる。

僕たちは身構える。

「……あの声、邪教徒かな」

「……おそらくは。たぶんですが、邪教徒たちが欲を出して真実の鏡を盗《ぬす》もうとしたのではないでしょうか」

「バカね。本来の目的はウィル様抹殺《まっさつ》でしょうに」

アナスタシアがそう言うと、前方の暗闇《くらやみ》からものすごい勢いで物体が飛んでくる。

それは邪教徒の死体だった。

首があらぬ方向に曲がった死体が、勢いよく飛んでくる。

なにものかがとんでもない力で投げつけてきたようだ。

無論、そのなにものとは二つ名付きのトロールであろう。

アナスタシアはこの段になってやっと二つ名モンスターの名を口にする。


「不死身のトロール」


それがやつの二つ名だった。

単純な二つ名であるが、強そうではある。

アナスタシアは魔術師《まじゅつし》の口調で説明してくれる。

「トロールは基本的に『再生』能力を持っています。ロングソードで斬りつけられたくらいならば瞬時《しゅんじ》に回復します」

「不死身のトロールは？」

「腕《うで》を切り落とされても繋《つな》いで治ったという報告がありますが――」

「が？」

「あのトロールと戦って無事に帰ってきたものはいないので眉唾《まゆつば》かもしれません」

「そんな危険なモンスターをウィル様に退治させるのですか？」

ルナマリアは怒《いか》り心頭《しんとう》であるが、今さら怒《おこ》っても仕方ないことであった。

アナスタシアは謝罪代わりに足下から樹木のツタを生えさせると、それで不死身のトロールの腹を貫《つらぬ》く。

「はらわたをぶち撒けなさい！」

彼女はそう高らかに言うと、ツタでトロールの腸を掻《か》き出し、それを引きちぎる。真っ赤な鮮血《せんけつ》が顔に付着すると愉悦《ゆえつ》にも似た表情を浮《う》かべる。

美しいエルフに似合わない言葉と行動であるが、この状況《じょうきょう》下では頼《たよ》りになる。

しかし不死身のトロールはその二つ名に恥《は》じない再生能力を見せる。

にやりと笑うと樹木を右手でちぎり、こぼれ落ちた内臓を自分の手で戻《もど》す。

みるみるうちに傷が塞《ふさ》がれていく。

泡立《あわだ》ちながら回復していく傷を見て、僕は長期戦を覚悟《かくご》した。

実際、僕たちと不死身のトロールの戦いは長期戦となった。

僕が前衛となり、トロールの棍棒《こんぼう》を盾と短剣《たんけん》で受け流す。

その間、ルナマリアが支援《しえん》魔法で僕を支援し、回復魔法で体力を回復させる。

そして樹の勇者にして宮廷《きゆうてい》魔術師でもあるアナスタシアが攻撃を加える。

樹での物理攻撃を諦めた彼女は、《火球》を作りだし、トロールに直撃《ちょくげき》させるが、頭部に当たろうが、腹部に当たろうが、トロールは平然としていた。

ダメージは与《あた》えられるものの、すぐに回復されてしまうのだ。

ひとつでは駄目《だめ》だと思ったアナスタシアは、火球をいくつも作って、連続で投げるが、それでも焼け石に水だった。


――そんな戦闘が三時間続いた。


「……化け物か」

両肩《りようかた》で息をしながら、僕は不死身のトロールの攻撃をかわす。

脊髄《せきずい》反射のように短剣の一撃を食らわせるが、まったく効果がなかった。

このまま膠着《こうちやく》状態が続けば、僕たちは負けるだろう。

常に主導権はこちらにあったが、どのような攻撃も無力化されると、いずれこちらが不利になる。

トロールには無限の回復力がある。一方、こちらの体力と魔力《まりよく》は有限だった。

その両者が戦い続ければどうなるか、それは火を見るよりも明らかだった。

（……このままでは不味《まず》い。なにか打開策を考えないと）

魔力が尽《つ》きかけたアナスタシア、ルナマリアを見ると悲愴《ひそう》感が漂《ただよ》っている。

（……ここは僕がなんとかしないと）

僕は短剣を持つ手に力を込めた。

†

不死身の相手を殺す。

そんなことが可能なのだろうか？

最初に思いついたのは途中《とちゅう》にあった毒の沼《ぬま》に突《つ》き落とすことだった。

あの瘴気《しょうき》の発生源に突き落とせば、永遠に悶《もだ》え苦しみながら底に沈《しず》んでいくと思ったが、こいつならば泳いで岸に戻ってきそうだった。

となると溶岩《ようがん》流に落とせばいいか、と思ったが、ここは火山ではなく沼地《ぬまち》だ。

となると――

天井《てんじょう》を見上げる。

古城は立派ゆえに高かったが、その上にも空が広がっているはずであった。

そして空の上にはアレがあるのだ。

そう思った僕はアナスタシアに耳打ちする。

こそばゆいですわ、と戯《ふざ》けるアナスタシアだが、ルナマリアが時間を稼《かせ》いでいてくれることを知っているのでそれ以上は戯けず、真剣に聞いてくる。

ごにょごにょ
ふむふむ
と、やりとりすると彼女は即座《そくざ》に了承《りょうしょう》してくれた。

お互《たが》い視線を合わせると時間差で攻撃する。

僕が真銀製のダガーで横なぎの一撃を加えると、彼女がすかさずエナジーボルトを見舞《みま》う。

その連撃によってさすがのトロールもひるむ。

僕はすかさずルナマリアに後退の指示をする。

「ルナマリア、下がって」

彼女は迷うことなく下がる。彼女にとって僕の言葉は神託《しんたく》も同然なのだ。崖《がけ》に向かって前進せよ、と命令しても彼女は迷うことなくその命令を実行するだろう。

無論、そんな命令はしないけど。

ルナマリアが下がったことを確認すると僕はイージスを投げる。

ばびょーん、と勢いよく飛んで行った盾《たて》はトロールの横っ面《つら》をたたく。

その瞬間《しゅんかん》、あらかじめ呪文《じゅもん》を唱えていたアナスタシアの全身が青白く光る。

エルフの少女は《氷結》の魔法を解き放つ。

僕は後ろに目があるかのように颯爽《さっそう》と避《よ》けると、それはそのままトロールの足下に命中する。あっという間に氷結し、トロールを固定するが、やつは、にやりと笑いながら言った。

「――コノ程度デ俺ヲ封《ふう》ジタツモリカ？」

たどたどしい共通言語であったが、たしかに人語であった。

「しゃべれるのか」

と問うと、

「オマエタチノ下《げ》賤《せん》ナ言葉ハ習得ズミダ」

ナゼナラバ――

とトロールは愉悦に満ちた表情で続ける。

「今マデ何百人モノ人間が俺ノマエで命ゴイヲシタカラナ！」

グアハハッハと高笑いに繋がるが、それがやつの死刑執行《しけいしっこう》書のサインとなった。

このような悪辣《あくらつ》なトロールなど、なんの躊躇《ちゅうちょ》もなく始末して問題ないだろう。

僕の考えた作戦によってこの世界から消し去る。

そう決意をすると、僕は両手に魔力を込めた。

「虚空《こくう》の冷気、
嘆《なげ》きの枷《かせ》となり、すべてを凍《い》てつかせよ
静寂《せいじゃく》さえ氷結させよ！」

僕の放った魔法はアナスタシアと同じ《氷結》であるが、ひとつだけ違《ちが》うところがある。

それはアナスタシアが左手の杖《つえ》のみで放ったのに対し、僕は素手でしかも両手それぞれから放った。

「な⁉　ウィル様は同じ魔法を二つ同時に使えるのですか⁉」

「別々の魔法も可能だよ」

「なんとあっさり言われるのです。そんなことができるのは一部の賢者《けんじゃ》のみです」

「神々の家では必須《ひっす》能力なのだけど」

魔術の神ヴァンダルは当然として、ミリア母さんも同じことができる、と言うと、アナスタシアは開いた口が塞がらなくなった。

逆にルナマリアは得意げに言う。

「アナスタシアさんはウィル様の実力を過小評価されていますね」

「そんなつもりはまったくなかったのだけど——でも、そうかも。ウィル様がまさか同時に二つの魔法を使いこなせるなんて思っていませんでした」

「魔術師として嫉妬《しっと》しますか？」

「まさか、より将来の伴侶《はんりょ》にしたくなりましたわ」

「それは無理です」

「あら、嫉妬？」

「そうではありません。ウィル様のお嫁《よめ》さんになるには神々の試練を突破《とっぱ》しないといけないのです」

ルナマリアがそう言うと、僕の両手の魔力は最高潮まで高まる。

それを見ていたトロールの顔が歪《ゆが》む。脂汗《あぶらあせ》を掻く。

しかし、その口調はまだ居丈高《いたけだか》だった。

「クックック……、ソンナ、カキ氷ノヨウナ魔法ナドキカヌワ」

トロールはばきばきと、アナスタシアに氷結された足下の氷を破壊《はかい》する。

「無駄《むだ》ダ、無駄。我ハ、何度デモ復活スル。不死身のトロールの二つ名ハ伊達《だて》デハナイワ」

足を引きちぎって氷結から逃《のが》れるところは不死身のトロールらしかったが、それは悪手《あくしゅ》だった。

己の不死身の力を誇示《こじ》するためか、あるいは過信しているのかは定かではないが、足がなければさすがに機動力は削《そ》がれる。僕の魔法を避けることなどできない。

「――ま、もともと避けさせる予定もないけど」

詠唱《えいしょう》も準備も完了《かんりょう》した僕は、その言葉と共に氷結を放つ。

圧倒的《あっとう》な蒼白《あおじろ》い魔力によって空気中の水分が氷結する。いや、空間が凍結《とうけつ》するかのように一直線に冷気がトロールに伸《の》びる。

蒼い魔力がトロールに触《ふ》れた瞬間、トロールは――いや、世界は固まった。

氷結の魔法はあっという間にトロールから体温を奪《うば》うと、氷漬《こおりづ》けにした。

一歩も動けないトロール。やつはもう瞬《まばた》きさえできない。

「……すごい」

「……すごいですわ」

ふたりの美女は僕の魔力にあっけにとられているが、まだ終わったわけではなかった。

「アナスタシア、行くよ」

「まあ、ウィル様ったら、真っ昼間から雄々《おお》しいこと」

冗談《じょうだん》を交えながらも協力の姿勢は惜《お》しまない。

アナスタシアは地面から樹のツタを生やすとそれで氷漬けのトロールを摑《つか》む。

「これでどうするのです？」

ルナマリアが問う。

僕が説明をする。

「氷漬けにしたとはいえ、こいつは生きている。いつか氷も溶《と》ける。ならば溶ける前にこいつが絶対に帰ってこられない場所に送ろうと思って」

「絶対に帰ってこられない場所？」

僕は上を指さすと、エナジーボルトの魔法を唱え、天井に穴を開ける。

そこから漏《も》れ出る日差し、陽光。

不気味なこの城にもわずかに光が降り注いでいることを思い出す。

「ま、まさか、ウィル様がおっしゃられているのは⁉」

「そのまさかだよ。やつを宇宙に送る！」

僕がそう言うとアナスタシアは魔力《まりょく》を全開にし、ツタを急生長させる。

どこまでも伸びていくツタ。あっという間に天井を超《こ》え、不死身のトロールを掴んだツタの先端が小さくなっていく。

「たしかに宇宙空間に送れば帰ってこれなくなりますが、そんなことが可能でしょうか」

「可能よ」

と即答《そくとう》したのはアナスタシアだった。

「植物というのは理論上、栄養を与《あた》え続ければどこまでも生長するの。特にわたくしのツタは魔力を糧《かて》に爆発《ばくはつ》的に生長する」

「しかし、宇宙空間までは」

「普通《ふつう》なら無理ね。でも、わたくしとウィル様の魔力を合わせれば」

アナスタシアがそう言った瞬間、僕は左手を彼女の右手と繋《つな》ぎ、一緒《いっしょ》に魔力を送り込む。

彼女はにっこりと薔薇《ばら》のような笑みを浮《う》かべながら言った。

「――初めての共同作業ですわ」

その共同作業は大成功する。

アナスタシアのツタは無事、不死身のトロールを大気圏外《けんがい》に放り出した。

宇宙空間へ投げ入れた。

氷漬けのまま。

きっと不死身のトロールはそこで永遠に悔《く》やむだろう。自分がいかにこれまで命を粗末《そまつ》にしてきたか。命に敬意を払《はら》わなかったか。

この星の軌道《きどう》を外《はず》れたトロールは悔いて悔いて、やがては考えることすらやめてしまうかもしれないが、同情はしなかった。

それは生命を尊重しないものの当然の末路だった。

†

不死身のトロールを倒《たお》した僕たちはその場で跳《と》びはねたが、やることがあった。

真実の鏡を捜索《そうさく》する――のではなく、邪教徒《じゃきょうと》たちを救うのだ。

「邪教徒を救う？」

信じられない顔をするのはアナスタシア。

「彼らは我らの、いや、この世界の敵ですわ」

「かもしれない。しかし、僕は傷付いた人を見捨てられない」

アナスタシアは、なんとか言ってやって、とルナマリアを見るが、彼女は「なにを言っても無駄ですよ」と言う。

「ウィル様のお母様、ミリア様は聖魔《せいま》戦争の折、一度戦闘《せんとう》が終われば、敵味方、関係なく治癒《ちゆ》したそうです。なんの躊躇《ためら》いもなく先ほどまで戦っていた敵の兵士を平然と治したそうです」

「なぜそんなことを」

「邪神の尖兵《せんぺい》となっていた人間は望んで戦っていたわけではないからです。邪神に家族を人質《ひとじち》に取られ、仕方なく戦っていたものも大勢いた。いわば被害《ひがい》者なのです」

「中には望んで参加した人もいるでしょう」

「いるでしょうね。しかし、そういう人たちは幼き頃《ころ》から、いえ、生まれたときから他人の愛情を知らずに育ったのです。そのような野獣《やじゅう》のような人間も人の優しさに触れると改心します」

「しないこともあるでしょう」

「でしょうね。しかし、それでもウィル様は――」

と言うとルナマリアは腕《うで》をまくる。

「私も微力《びりょく》ながらお手伝いします」

「ルナマリア……」

僕はつぶやく。

「邪教徒たちは回復すれば手向かってくるかもしれませんが、それもまた一興。ウィル様の思うがままに行動してください」

と言うと、まだ息のある邪教徒に回復魔法を掛《か》ける。

邪教徒は「ぷはーッ」と息を吹《ふ》き返すと、淀《よど》んだ目で僕たちを見ていた。

僕とルナマリアは助かりそうな順から回復魔法を掛け、計五人の命を救った。

彼らは誰《だれ》ひとりとして刃《やいば》を向けてくることはなかった。

ただ棄教《ききょう》するものもいなかった。

礼を言うもの、言わないもの、様々であったが、とあるゾディアック教徒が情報を漏らしても他のものはなにも注意しなかった。

ひとりのゾディアック教徒は言う。

「礼は言わない。言えない。なぜならば俺はゾディアック様を信仰《しんこう》しているから――」

「人それぞれ、立場があるさ」

「――だが、ひとつだけ言えることがある。今、王都に潜伏《せんぷく》している我らの仲間が国王を暗殺する」

「どうしてそんな重要な情報を？」

「……俺はゾディアック教徒だが、教徒であると同時にひとりの子の父親だ。親父とお袋《ふくろ》の息子でもある」

男はそこで言葉を区切ると続ける。

「親不孝な息子だが、親父とお袋の死くらい看取《みと》ってやりたい。自分の子に死を看取られたい」

そう断言し、その場を去って行く。

僕はその後ろ姿を最後まで見送ると急いで真実の鏡を探した。

幸いなことに真実の鏡は目立つ場所に安置されていた。

宝物庫《ほうもつこ》と思《おぼ》しき場所の中央の台座に設置された立派な手鏡。

古代魔法文明の遺産、アーティファクト。

綺麗《きれい》な装飾《そうしょく》をほどこした魔法の鏡を手にする。

鏡を覗《のぞ》き込むと聖なる存在が僕に語り掛ける。

『神々の子ウィルよ。この世界の闇《やみ》と光に調和をもたらすものよ――』

ルナマリアとアナスタシアの顔を見る。ふたりとも驚《おどろ》いている。どうやら鏡の声は彼女たちにも聞こえるようだ。

そんな風に思っていると、左腕の盾《たて》が説明してくれる。

『アーティファクトと呼ばれる一連の遺物はしゃべれることが多いんだ』

「どうして？」

小声で問うが返ってきた答えは無味乾燥《むみかんそう》だった。

『さあ？　作った人の趣味《しゅみ》じゃね？』

……そりゃあ、まあ、そうなのだろうけどさ。

と、納得すると僕は鏡に語り掛けた。

「真実の鏡よ。神々の息子、ウィルの名において問う」

『なんなりと問え、私は真実を紡《つむ》ぐだけ』

「ありがたい。時間がないから単刀直入に聞くけど、僕は本当に王の息子なの？」

『本当に単刀直入だね』

ツッコミを入れるのは聖なる盾のイージス。

僕はそれを無視すると真実の鏡の言葉を待つ。

ルナマリアとアナスタシアも同じように緊張《きんちょう》した面持《おもも》ちで待つ。

ごくり、と生唾《なまつば》を飲み込む音が聞こえてきそうなほど緊張する一同であったが、数秒後、
真実の鏡によってもたらされた言葉に驚愕《きょうがく》することになる。

僕の身体《からだ》に王の血が流れているか否か。

その答えを聞いたものは等しく、言葉を飲み込んだ。

第五章　真実を映し出すもの

†

真実の鏡から『真実』を聞き出した僕たち。

誰《だれ》しもが驚愕《きょうがく》から逃《のが》れられなかった。

誰しもが軽々しく冗談《じょうだん》を吐《は》いたりしなかった。

——いや、ひとりだけ例外がいたか。

左腕のイージスの盾だけは「くよくよしないでよ、ウィル」と励《はげ》ましてくれた。

「——ありがとう。でも、くよくよはしていないよ」

『神様たちはウィルの本当のお父さんとお母さんさ』

「そうだね。どんなことがあっても僕の父さんと母さんは彼らだ」

『じゃあ、なんでそんなに塞《ふさ》ぎ込んでるの？』

「それはアナスタシアがあまりにも塞ぎ込んでるから」

アナスタシアのほうを見る。彼女は分かりやすいくらいにしょんぼりしていた。

なにか声を掛けたいが、そんな時間はない。

僕たちは早足で馬を繋《つな》いでおいた場所まで戻《もど》ると、馬に乗った。

「アナスタシア、落ち込まないでくれ。君がそんな顔をすると困る」

「……ですがウィル様」

と言うアナスタシアを励ます。

「この話はここまで。ここからは国王陛下救出だけを念頭におこう」

そう言うとアナスタシアは納得したようだ。

「分かりましたわ。それでは急いで向かいましょう」

僕たちは来たときの二倍のスピードで平原を駆《か》け抜《ぬ》けると、そのまま王都に戻った。


——王都に到着《とうちゃく》する。

すると宮殿《きゅうでん》が騒《さわ》がしいことに気がつく。

なにがあったのか、アナスタシアは尋《たず》ねる。ちょうど、部下がやってきたのだ。

「アナスタシア様、ご無事でしたか」

「わたくしとウィル様は無敵です。ところでこの騒ぎはなんなの？　ハロウィンはまだまだ先でしょう」

「それなのですが、姫様《ひめさま》の住まう宮殿に賊《ぞく》が侵入《しんにゅう》したのです。おそらく、ゾディアック教徒かと」

「……賊」

アナスタシアは驚《おどろ》かない。僕もであるが。これは想定された事態だった。

ルナマリアは早速救援《さっそくきゅうえん》に向かおうと提案するが、それは却下《きゃっか》する。

「なぜですか?」

と問うルナマリアに答える。

「たぶん、これは陽動だから。あのゾディアック教徒は国王を暗殺すると言った。姫様を襲《おそ》ったのは囮《おとり》だと思う」

と言うとさらに兵士がやってきた。いや、城から出ようとする。

なんでも大聖堂が魔物《まもの》に襲撃《しゅうげき》されているという。

「それもゾディアック教団の陽動ですわね」

「おそらくは。本命は国王陛下だ。だから宮殿の本殿に向かおう」

僕がそう宣言すると、アナスタシアは部下を幾人《いく》か呼び出し、一緒《いっしょ》に本殿へ向かうように指示する。

彼女のその采配《さいはい》は奏功する。

本殿に近づくと、この国の騎士《きし》と思われる男たちが剣《けん》を抜きこちらに向かってくる。

「……ヴァーミリオン卿《きょう》の手下ですわね」

「みたいだね。ゾディアック教徒を手引きしたのかな」

「おそらくは。ということは遠慮《えんりょ》なくはらわたをぶちまけさせてよろしいですわね」

と言うとアナスタシアの部下たちは「おお！」と雄叫《おたけ》びを上げ、騎士に向かっていく。

どうやら日頃《ひごろ》からヴァーミリオンとその手下たちに思うところがあったようで、この戦いは望むところのようだ。

士気という点からも、実力という点からも頼《たの》もしい連中だった。

敵の騎士が現れるたびにアナスタシアの部下が立ち向かうが、やがて敵の数も減っていき、ゼロとなる。

このまま国王陛下の寝所《しんじょ》まで行ければ申し分ないのだが、敵はそこまで甘くないようだ。

教団の魔術師と思《おぼ》しき男がゴーレムを引き連れやってきていた。

「この先にはヴァーミリオン卿がいる。しかし、お前たちは生きて面会することはできない」

その姿を見てアナスタシアは吐息《といき》を漏《も》らす。

「なんという無粋《ぶすい》な魔術師でしょう」

彼女はそう言うと続ける。

「わたくしはウィル様のことならばなんでも知っていますの。ウィル様が世界一素敵な男性であること。世界で一番優しい男性であることも」

つまり——

と言うと彼女は足下《あしもと》からツタをたくさん生やし、それで即興《そっきょう》のゴーレムを作る。邪教徒《じゃきょうと》の魔術師に対抗《たいこう》するようだ。

「わたくしは知っているのです。ウィル様ならば常に誇《ほこ》り高い選択《せんたく》を続けて行くと!!」

アナスタシアはそう断言すると、敵魔術師を引き受けることを宣言する。

僕はその姿を目に焼き付けると、彼女を真剣な眼差しで見た。

深くうなずくと彼女にこの場を託《たく》す。

「ありがとう、アナスタシア」

「お礼を言いたいのはわたくしです。陛下をよろしく頼みます」

と言うと彼女は魔法を使って敵魔術師と戦い始めた。

敵の魔術師もなかなかに強そうであった。樹の勇者であるアナスタシアと互角《ごかく》の戦いを見せている。

僕の見たところ戦闘力《せんとう》はアナスタシアが上、だろうか。一見互角であるが、僕はアナスタシアの勝利を確信していた。

しかし、時間がないのも事実。僕は迷うことなくルナマリアとともに王の寝所へ向かった。

本殿の奥。一際《ひときわ》立派で一際豪壮《ごうそう》な間。そこに王が伏《ふ》せていた。

途中《とちゅう》、警護のものや宮女《きゅうじょ》と思われる死体を何人か見つけた。

それだけでも敵、ゾディアック教団は許しがたかったが、それ以上に憎《にく》いのは手引きをした目の前のヴァーミリオンである。

彼は実の兄を、この国の王を躊躇《ちゅうちょ》なく売ったのだ。

「アナスタシアさんならば王弟《おうてい》の顔を見次第、はらわたをぶちまけさせていたかもしれません」

「かもね。そういう意味では彼女がこの場にいないのは僥倖《ぎょうこう》だったけど……」

ただそのことを完全に喜んでいいかは分からなかった。

目の前の、その王弟ヴァーミリオンを見ると、彼を斬《き》り伏せたい衝動《しょうどう》に駆られる。しかし、人殺しは避《さ》けたかった。いくら相手が外道《げどう》でも。

そう思った僕は短剣ではなく、拳《こぶし》をお見舞《みま》いするのだが、戦闘開始早々に拳を顔にめり込ませたヴァーミリオンは痛がりもしなかった。

「ば、馬鹿《ばか》な。ウィル様の拳は熊《くま》も昏倒《こんとう》させるのに……」

それは真実であったが、僕は冷静であった。僕はすぐに目の前にいる人が、いや「物」が、人ならざるものだと気が付いた。

顔の形が変わるほどのパンチを受けても平然としているヴァーミリオン。

彼の両目は真っ赤に光っていた。まるで魔物のように。

否！ 彼は魔物だった。その腹の底からまがまがしい声を発する。

「ほう、小僧《こぞう》、まさかこんなにも早く戻ってくるとはな」

地獄《じごく》の底から漏れ出るような重低音。まるで腹にライオンでも飼っているかのようである。

いや、それは真実に近いのかもしれない。

王弟はめきめきと身体《からだ》を変形させると、その本性《ほんしょう》を現した。

肌《はだ》は黄土色、口は裂《さ》け牙《きば》が飛び出す。ぶよぶよの脂肪《しぼう》だらけの肉体からは鱗《うろこ》が浮かび上がってくる。まさしく悪魔辞典に記載《きさい》されている悪魔そのものだった。

「…………」

あまりのおぞましさに、ルナマリアは絶句している。

彼女の代わりに僕が考察を言葉にする。

「どうやら王弟は悪魔に魂《たましい》を売ったようだ。――もう人間ではない」

その考察を嬉《うれ》しそうに受け入れる化け物。

「がっはっは！　それは違《ちが》うぞ、小僧。王弟が悪魔に魂を売ったのではない。俺が王弟の魂を奪《うば》ってやったのだ」

「つまりもうその醜悪《しゅうあく》な身体に王弟の心は残っていない、ということか」

「その通り、俺の名は古代の悪魔。ゾディアック様に仕《つか》える二四将のひとり、マルムーク。この脆弱《ぜいじゃく》な男の身体を借り、現世に蘇《よみがえ》った」

「そして最初の任務が王様殺しか」

「そうだ。王の血を手に入れればゾディアック様復活が早まる。それにこの国は乱れるだろう。さすれば混乱が混乱を生む。混沌《こんとん》こそがゾディアック様を喜ばせる唯一《ゆいいつ》の感情」

「そんな神様などいらない！」

僕はそう言うと全力を込めて短剣を抜き放《はな》った。

剣閃《けんせん》で相手を斬り伏せる。手加減なし、古竜《こりゅう》に立ち向かうつもりで抜いた。雄牛《おうし》の首を吹《ふ》き飛ばすつもりで剣閃を放った。

剣神ローニンが伝授してくれた最強の剣閃。

剣の神が数百年に一度の天才と褒《ほ》めてくれた僕の剣閃。

今までどのような強敵も斬り伏せてきたその一撃《いちげき》、その一撃がこのマルムークという悪魔には効果がなかった。

マルムークはそよ風でも受けるかのように僕の剣閃を右手で受けると、それを握《にぎ》りつぶし言った。

「ほお、これが剣の神仕込みの剣閃か。てっきり俺は子供の水鉄砲《でっぽう》かと思ったぞ」

──はったり、ではないようだ。やつの手はわずかばかりも傷ついていなかった。

「……やるな。これが二四将か」

魔術の神ヴァンダルからその存在だけは聞かされていたが、さすがは聖魔戦争で神々を苦しめたことだけはある。なかなかに強そうであった。

その後、僕は無数に斬撃を放つが、どれも無効化される。特に頭部への攻撃《こうげき》が入る兆《きざ》しはなかった。

僕は初めて出会った強敵に吐息を漏らす。

†

王暗殺の企《くわだ》てを知った。真実の鏡から真実を聞くこともできた。

最後のは想定外だったけれど、それでも王様を救わなければならない。

軽くルナマリアに目配せすると、彼女はじりじりと回り込むように王のベッドに近づく。

こくりとうなずくルナマリア。まだ王は生きているようだ。

ただ、それも長くはない、とルナマリアの表情は語っている。多分だが、病気の進行が想像以上なのだろう。

それに少しでも隙《すき》を見せればマルムークが襲ってきそうだった。

僕はやつを王に近寄らせないため、ミスリルの短剣でやつの腹を切り裂く。

やつの腹は斬《き》れるが、その場で回復していく。

「不死身のトロール張りの回復力だな」

そう言うとマルムークはにたりと笑う。

「トロールなどと一緒にしてもらっては困るな」

と言うとやつは自分で腹を割き、臓物をまく。

するとやつの臓物が小型の悪魔となる。

「トロールにこういう芸当はできまい」

と小さな悪魔が襲《おそ》ってくるので、僕はそいつを一体、切り裂く。

渾身《こんしん》の力を込めた剣閃は、さすがに小型の悪魔には有効だった。真っ二つになると消滅《しょうめつ》する。

「ほお、なかなかやるじゃないか」

「お前もこいつらみたいにしてやる」

強気に言うと二体目三体目を倒《たお》しに掛《か》かるが、その最中もどうやってマルムークを倒すか考えていた。

（……普通《ふつう》の攻撃じゃ駄目《だめ》だよな）

剣閃が効かないことは分かった。おそらくではあるが魔法《まほう》剣もたいした効果は望めないだろう。

やつにはこうなにか根本的な解決方法が必要なような気がした。

僕は昔を思い出す。


「いいか、ウィルよ、悪魔にも必ず弱点がある」

青空教室で教鞭《きょうべん》を執《と》る魔術の神ヴァンダル。彼は幼い僕に教えを与《あた》える。

「例えば弱点である心臓を身体の外に隠《かく》している悪魔もいる。心臓を別の場所に置いてあらゆる攻撃を無効化させるのだ」

「そういった敵はどうすればいいの？」

幼い僕は尋《たず》ねる。

「その心臓を見つけ出し、破壊《はかい》するのがいい」

「なるほど」

――今現在に意識を戻《もど》した僕はやつの弱点を探すが、どうやらこいつは心臓を隠しているタイプではなさそうだ。

ならばどうすればいいのだろうか。

別の過去が混入してくる。

「……ウィルよ、おめーは頭はいいが、頭で考えすぎるきらいがある」

剣の神ローニンの言葉である。

「戦場で最後に立っているのは頭のいいやつだが、戦場で一番格好いいやつはなにも考えずに剣を振《ふ》るうやつなんだよ」

「……なにも考えずに剣を振るう」

「そうだ。小賢《こざか》しいことは考えないで、自分の剣の腕《うで》を信じて一撃に掛ける。それが男ってもんよ」

「うん、そうする」

当時の僕は納得した振りをしたが、本当は納得していなかった。当時から僕は小賢しい子供で、ヴァンダルの言葉を優先する子供だったのだ。

――しかし。


どちらの教えも正しいはずだった。僕はマルムークに斬り掛かるとやつの弱点を探すが、やつはそうそう弱点を見せなかった。

ただ、考えながら放つ一撃と、なにも考えずに放つ一撃、双方《そうほう》がよほど堪《こた》えたのだろう。

マルムークは辟易《へきえき》とした顔をする。

「ええい、想像以上にうざったい小バエだな。なかなか死なない」

「いつまでもまとわりついてやる」

その言葉を有言実行したので、マルムークは本当にうざったくなったようだ。

殺す対象を変える。

僕ではなく、王を狙《ねら》い始めたのだ。

「我の任務は王の殺害と血。お前の始末ではない。いつかは殺してやるが、先に殺すのはこいつだ」

その言葉を聞いてルナマリアはショートソードを構え応戦するが、それも儚《はかな》い抵抗《ていこう》であった。

強大な魔力によって吹き飛ばされる。

ルナマリアはそれでも王を救おうとする。

傷ついた身体を叱咤《しった》し、王の前に立ち塞《ふさ》がったのだ。

「なんだ、小娘《こむすめ》、なぜ、そこまでする」

「私はこのお方に仕えるものではありません。ですが、このお方は何百万人もの国民の運命を背負っている。絶対に命は奪わせません」

「なるほどな。けなげなことだ。ならばお前から死ね」

マルムークは右腕を上げるが、それがやつの命取りとなった。

僕は最後の瞬間《しゅんかん》まで考えることをやめなかった。最後の一撃はなにも考えずに撃《う》った。

ただ、ルナマリアの命を救うために。彼女の献身《けんしん》に応《こた》えるために。

僕の内からあふれ出る強大な力、それは短剣を伝い、剣閃となる。

最強の一撃となって具現化するが、僕は迷わずマルムークの頭を狙った。

頭に弱点があると確信したからだ。

やつは首から下への攻撃には無頓着《むとんちゃく》だった。どのような攻撃もかわすことなく、受けていたのだ。心臓への一撃すら痛痒《つうよう》に感じていないようだった。

しかし、首から上への一撃は違った。両手でしっかりガードし、ときには防御《ぼうぎょ》魔法も使用した。

「……っち、弱点に気がつきやがったか」

「最後まで考えるのをやめなかったおかげだ」

「だが、弱点が分かっても同じこと。お前の攻撃は効かない」

マルムークはそう言うと踏《ふ》ん張《ば》り、防御魔法を唱える。何重にも張《は》った防御魔法は強固だった。

普通の戦士の一撃では一、二層貫《つらぬ》くのが精一杯《せいいっぱい》だろう。

樹の勇者と呼ばれるアナスタシアでさえ、五個ほど貫ければいいくらいか。

そんな防御層が三六重に重ねられている。

つまりそれは絶対に破れぬ障壁《しょうへき》だったが、僕はその絶対を覆《くつがえ》した。

「くっらえええええええええぇぇぇぇ!!」

そう叫《さけ》ぶとありったけの力を、魔力を、短剣《たんけん》に込める。

短剣が壊《こわ》れてもいいくらいの勢いで振り下ろす。

事実、腐食《ふしょく》しない銀と呼ばれるミスリルのダガーが軋《きし》みを上げ、ひび割れる。

幼き頃《ころ》、ローニン父さんにもらった短剣が悲鳴を上げる。

思い出が詰《つ》まった短剣が壊れていく。

だがそれでも僕は短剣に込める力を緩《ゆる》めなかった。

父さんにもらった大切な短剣よりも、ルナマリアのほうが大切だったからだ。

彼女ともっと思い出を積み上げたかったからだ。

彼女の笑顔をずっと見続けたいからだ。


「ウィル様――」


ルナマリアの声が聞こえたような気がした。

彼女が目を見開き、僕を見てくれたような気がした。

それと同時に僕の内側から無限にも思える力が出てくる。

それを受けたマルムークの防御層は崩壊《ほうかい》を始める。

「な、なんだと!?　俺の防御魔法が!?」

五層、
一〇層、
二〇層、
三五層、
段階を踏んで壊されていく防御魔法。
まるで堤防が決壊《けっかい》するかのように壊れていくが、最後に残された三六層目を破壊したとき、マルムークは言った。
「そ、そんな馬鹿《ばか》なー!?」
それがこの世で最後の言葉となった。
こうして僕は邪心《じゃしん》ゾディアックの二四将のひとりを倒した。
聖魔戦争でも神々を苦しめた悪魔を屠《ほふ》ったのだ。

†

悪魔を倒した僕はルナマリアのもとへ向かう。彼女はにこりと笑うと、

「さすがはウィル様です」

と微笑《ほほえ》んだ。

世界一の微笑みを僕に向けてくれた。

胸の中がじんわりと熱くなり、頰《ほお》を染めてしまう。

ルナマリアが盲目《もうもく》なことが助けになったが、よくよく考えれば彼女は僕の心音を聞き分けている。今の僕の早鐘《はやがね》のような鼓動《こどう》を聞いているはずだ。戦闘《せんとう》直後のためと誤解してくれればいいが。

そんなことを思ったが、ルナマリアの意識が僕の後方に注がれていることに気が付く。

その方向に視線を向けると、そこに国王がいることに思い至る。

僕は国王を救出にきたことを思い出す。

そのまま国王のところまで向かうと、この国の王を見舞《みま》う。

王はうっすらと目を開け、こちらを見つめていた。

口元に微笑を浮《う》かべている。

悪魔に命を狙われた直後だというのに、肝《きも》が据《す》わっていると思ったが、それだけではないようだ。

王の顔には明らかに生気はなかった。彼の表情は病人、それも死病に冒《おか》されたもののそれであった。

――つまり、彼の寿命《じゅみょう》は尽《つ》き掛《か》けている。

国王の瞳《ひとみ》には悪魔は映っておらず、それと対峙《たいじ》し、雄壮《ゆうそう》に戦っていた僕だけが目に入っていたようだ。

ルナマリアもそれを察したようで、地母神に祈《いの》りを捧《ささ》げながら、僕に国王の手を握《にぎ》りしめるように諭《さと》してくる。

「ウィル様、国王陛下には時間がありません」

「――分かっている」

僕は短く答えると、国王の横に寄りそう。

彼のベッドの横に膝《ひざ》を突《つ》くと、この国の王の手を握りしめる。

国王はか細い声で言った。

「……ウィリアム・アルフレード」

それは国王の息子の名前だった。

十五年ほど前に行方《ゆくえ》不明となった息子の名前だ。この国の後継《こうけい》者の名。――僕の仮の名前。

そう思った僕は、国王を父と呼ぶ。

「……父さん、父さん」

僕がそう言うと国王は目を細める。

「……ウィリアム。わしを父と呼んでくれるか」

「当たり前じゃないか、僕はウィリアムだよ。父さんの息子だ」

「……しかし、お前を政争に巻き込み、過酷《かこく》な運命を与《あた》えてしまった」

「過酷な運命？　そんなことはないよ。テーブル・マウンテンで僕を拾ってくれた神々はとてもいい人たちだった。とても優しい人たちだった」

「……そうか、それはよかった」

国王はそう言うと、神々を褒《ほ》める。

「……きっといい神々なのだろう。文弱《ぶんじゃく》なわしの息子をここまでの勇者に育て上げてくれたのだから」

この国の王は、お世辞にも武力に秀《ひい》でた国王とは言えない。

前線に出たことはほとんどなく、後宮《こうきゅう》の奥からいくさを指示していた。狩《か》りや武芸よりも詩作や音楽を愛する風流人でもあった。

ゆえに家臣から軽んじられ、一五年前にクーデターを起こされたのだが、そのときのことを気に病《や》んでいるのだろう。

自分の惰弱《だじゃく》な部分が息子に遺伝しなくてよかった、と心の底から喜んでいる。

僕は父さんの手を握りしめると言った。

「……父さんは惰弱じゃない。優しい王様なだけだよ。僕は父さんの子だ。だからここまで強くなれた」

「……そうか。そう言ってくれると嬉《うれ》しい」

それが国王の最後の言葉だった。

この国の一三代目の国王。長きに亘《わた》ってミッドニアの玉座にあった男は満足げにそう漏《も》らすと、その人生に幕を下ろした。

僕はうっすらと目を開けている父さんのまぶたを軽く撫《な》でる。

すると彼は目をつむる。二度と目を見開くことはなかった。

こうして僕は国王の死を看取《みと》った。彼の死を回避《かいひ》することはできなかったが、彼の運命は変えたつもりだった。

それがいいことなのか、悪いことなのか、まだ分からないが、少なくともルナマリアは満足しているようだ。

彼女は深々と僕に頭を下げると言った。

「『ウィル様』、ご苦労様でした」

僕は彼女に微笑み返すと、「ありがとう」と言った。

短い言葉であるが、その言葉には色々な意味が込められている。

僕を旅に連れ出してくれてありがとう、ここまで導いてくれてありがとう。いつも一緒《いっしょ》にいてくれてありがとう。


——そして、たぶん。

これからも一緒にいてくれてありがとう。

それが僕の偽《いつわ》らざる本音《ほんね》だった。

†

その頃、テーブル・マウンテンでは。

「国王を殺して私も死ぬー！」

とヒステリックに暴れているのは、治癒《ちゆ》の女神ミリアだった。

とても治癒の女神とは思えない発言であるが、剣神のローニンも気持ちは分からなくもなかった。

ただ、この女神が激発すると、ローニンが押さえ役にならざるを得ない。

いつもどちらかが先に切れるのだが、ここ一番ではミリアのほうが先に切れる。感情的になる。

まったく、損な役回りであるが、とりあえず毒舌を浴びせ、女神の注意を引く。

「落ち着け、厚化粧《あつげしよう》ブス。神々は地上への干渉《かんしよう》を禁じられている」

「誰《だれ》が厚化粧ブスじゃ！」

ミリアの回し蹴《げ》りが飛んでくるが、紙一重でかわすと、ローニンは言う。

「干渉のほうも関心をもて」

「そんなのは百も承知よ。伊達《だて》にあんたより長く神様やってないわよ」

「ならフレイルなんて物騒《ぶつそう》なものはしまえ」

「無理、これで国王の脳漿《のうしよう》を見たい」

「だから物騒なことを言うな」

ミリアは涙目《なみだめ》で恨《うら》みがましくローニンを見つめる。

「……なに大人ぶってるのよ。いいの？　このままではウィルがひとんちの子になっちゃうのよ？」

「ひとんちじゃない。国王の子だ。王族だ」

「同じでしょ、私たちの子じゃなくなるなら、王だろうが乞食《こじき》だろうが、関係ないわ」

「それは関係ないな。俺たちは元々血が繋《つな》がっていない」

「なんて薄情《はくじょう》な男」

「そうじゃねーよ、血なんか繋がっていなくたって俺たちは親子だろう。それは変わらない」

ぐすっ、と鼻をするミリア。どうやら正論だと認めたようだ。

ただし、むかつくことにローニンの服の袖《そで》で鼻をかむ。ぶびびー、と女神らしからぬ音を出す。

ローニンは呆《あき》れたが、注意をしたのは別の人物だった。

——いや、彼はローニンもついでに叱《しか》るが。

魔術《まじゅつ》の神ヴァンダルは言う。

「ええい、五月蠅《うるさ》い！　先ほどから勝手に人の部屋にきて夫婦漫才《めおとまんざい》をしおってからに」

夫婦じゃないわい！　と反撃《はんげき》する隙《すき》も与えない老魔術師。

「お前らは先ほどから言い争っているが、数日前の情報を元になにをくだらないことをやっているんじゃ」

数日前の情報、とは神々が三人、この部屋で見たウィルの近況《きんきょう》を指す。

たしかにそのとき、ウィルは王の子で、王族なのではないか？　という疑いが濃厚《のうこう》な状況《じょうきょう》だった。

そして先ほど、ヴァンダルの水晶玉《すいしょう》から伝わる情報はそれを補強するというか、確定させていた。

ウィルが王の手を握りしめ、「父さん」と、つぶやく場面が神々に送信される。

この映像だけを見れば、ウィルが王の子供で、王族になることを示唆《しさ》しているように見えるが、ヴァンダルはものごとの本質をわきまえていた。

それでもミリアはブツブツ言うので、ヴァンダルは溜息《ためいき》をつきながら補足する。

「……安心せい、ミリアよ、ウィルは王族にはならん」

「……嘘《うそ》よ。だって王様の子供だったんじゃない。きっとよそのうちの子になってしまうのよ」

「そうじゃないと言っておろう。というか、おぬし、ウィルが子供の頃《ころ》を覚えておらんのか？」

「一から十まで覚えているわ。初めてウィルが笑った日、初めてウィルが泣いた日、初めてウィルが立った日、日付まで思い出せるわ」

「ならばウィルの身体《からだ》の右肩《みぎかた》に星形のほくろがないことくらい覚えているだろう？」

その言葉でミリアは初めて、

「あ……」

と意外そうな顔をした。

「その顔じゃ覚えているようだな」

「そうだったわ。私はウィルちゃんと一緒に全身のほくろを数え合った仲だった」

「一方的にな」

と補足するローニン。

しかし、とローニンは無精ひげのあるあごに手を添《そ》える。

「それじゃあ、なんでウィルのやつは王様の子供ってことになったんだ？」

ローニンは本気で悩《なや》んでいるが、ミリアも頭の上にクエスチョンマークを浮《う》かべる。

その様を見てヴァンダルは呆れながら言った。

「お前たちは本当に神か。脳みそが詰《つ》まっているとは思えん」

「そこまで言うのならばあんたはウィルの行動を説明できるんでしょうね」

「当たり前じゃ。わしを誰だと思っている」

「魔術の神ヴァンダル？」

「違《ちが》う」

老人は首を横にゆっくり振《ふ》ると言った。

「わしはウィルの父親じゃ」

そう言うとウィルは神々の子であり、王の子ではない、と断言した。


王の死を看取るウィル。

その後方にいるふたりの少女。

盲目《もうもく》の巫女《みこ》ルナマリア、樹の勇者アナスタシアである。

アナスタシアは途中の邪教徒《じゃきょうと》を一掃《いっそう》すると、王の寝室《しんしつ》までやってくる。

そこで見たのは天に召《め》される王様と、それを見守る少年であった。

部下である近衛騎士《このえきし》団の団員が王に近寄ろうとするが、アナスタシアはそっと手で止める。

近衛騎士団の団員ははっとなり、うなずく。

「――軽率でした。国父である陛下が身罷《みまか》られて動揺《どうよう》していたようです」

と言うと神に十字を切り、祈《いの》りを捧《ささ》げる。

「――陛下は病《やまい》で苦しまれましたが、最後の最後にご子息に会えて良かった」

近衛騎士団がそう言うと、アナスタシアは表情を変えずにこう言った。

「……そうね。『息子』に会えて良かったわ」

その言葉を聞いたルナマリアがやってくる。

彼女は問い掛《か》けてくる。

「……アナスタシアさん、まだ部下の方に真実を言っていなかったのですか？」

「……まあね」

と答えるアナスタシア。近衛騎士団の団員は不思議そうに尋《たず》ねてくる。

「どういうことですか？　なにをおっしゃっているのです？」

答えたのはルナマリアではなく、アナスタシアだった。

「ルナマリアが言いたいのはこういうこと。ウィル様は王の子供ではない、ということ」

「なんと!?」

驚愕《きょうがく》の表情をする近衛騎士団。

「どういうことですか？　真実の鏡でウィル殿《どの》がウィリアム様だと判明したのではないのですか？」

アナスタシアは首を横に振る。

「その逆よ。真実の鏡によってウィルは国王陛下の子供ではないと判明したの」

「そ、そんな」

「真実よ。──まあ、そんなことはどうでもいいわ。ウィル様にとってはね」

と言うとルナマリアがうなずき、彼女が補足する。

「──ただ、国王陛下はそうではありません。だからウィル様は最後の最後で嘘をつかれたのでしょう。死を間近に控《ひか》えた国王陛下から長年のわだかまりを取り除いて、天に送り出して差し上げたのです」

「つまりウィル様は国王陛下に『優しい嘘』をついて、その心を救済してあげたの」

「はい、そうですね。ウィル様はとても優しいお方です」

ふたりは同時にうなずき合ったが、ルナマリアは問う。

「そういえばウィル様は真実の鏡から自分が本当の王子ではないと聞いたようですが、本当のご家族については尋ねなかったのですか？」

「本当の家族？」

僕はきょとんとしてしまう。その発想はなかった。

「そういえば尋ねることもできたね。でも、まったく興味はなかった」

「本当の家族に興味はないのですか？」

「本当の家族ならばテーブル・マウンテンにいるからね」

なんの照れもなく言い放つ。

その言葉を聞いたルナマリアは自嘲《じちょう》気味に笑う。詮《せん》ない質問をしてしまったと思ったのだ。

今、この場で、いや、未来において、一番大事なのは、ウィルのように優しい少年がこの世界にいるということであった。

彼が善の陣営《じんえい》に立ち、剣を振るうということであった。

それはこの国の輝《かがや》かしい未来を約束する。

国王という国の象徴《しょうちょう》は死んだが、ルナマリアもアナスタシアも悲観していなかった。

ウィルという少年がいる限り、この世界が悪に染まることはないと思ったのだ。

そしておそらくその推論は正しい。

それはこの場にいる誰しもが疑わなかった。

あとがき

読者の皆様《みなさま》、こんにちは。

ライトノベル作家の羽田遼亮《はたりようすけ》です。

このたびは「神々《かみがみ》に育《そだ》てられしもの、最強《さいきよう》となる」の二巻をお買い上げくださり、誠にありがとうございます。

二巻を購入《こうにゆう》して頂けたということは一巻を気に入ってくださったからだと思いますが、二巻のほうはどうでしたでしょうか？　三巻も買いたい！　と思って頂けたでしょうか？

もしも「三巻」もほしいと思ってくださったそこの「あなた」！　朗報です。なんと「神々に育てられしもの、最強となる」の三巻はもう発売が決定しているのです‼　パフパフ！（自前のラッパ音）

このご時世、二巻の売り上げを見てから三巻の執筆《しつぴつ》に入るのが普通《ふつう》なのですが、本作は多くの読者様の支持を受けているので、順調に続刊ができるようです。

これも本作を応援《おうえん》してくださった読者の皆様のおかげです。本当にありがとうございます。

ありがとうございます、といえば毎回、素敵なイラストを揃《そろ》えてくださるfameさんにも感謝の念が絶えません。格好よくてスタイリッシュなイラスト群を担当さんの次に見ることができる立場なのは三国一の果報者でございます。この幸せを何度も感じたいです（ヘブンモードの羽田）。

テンションマックスの羽田ですが、このあとがきを書き終わった頃《ころ》、つまり皆さんがこのあとがきを読んでいる頃には本作のコミカライズ版の連載《れんさい》が始まっているはずです。ComicWalkerやニコニコ静画で無料で読めますので、是非《ぜひ》、一度、漫画版のウィルの活躍《かつやく》も見てください。

九野十弥《くのとうや》先生が描《えが》く「神々」の世界は本当に素晴らしいです。よく本作を読み込み、キャラクターの魅力《みりょく》を一二〇パーセントに引き上げてくださっております。一＋一は二じゃない！　無限大だ！　というくらいの相乗効果が出ているコミカライズです。なによりも作者が早く次号の原稿《げんこう》見せてもらえないかな、とワクワクするような出来なので、是非、この感動を皆様にも。

さあ、皆様も早くグーグル先生で、

「神々に育てられしもの、最強となる」「コミック」

などと検索《けんさく》し、この感動を味わってください。

チェケラ！（この台詞《せりふ》、言ってみたかっただけです）

さて、色々と感謝の念を文章にしていたらあとがきのスペースが微妙《びみょう》になくなってしまいました。

本作の裏話をするのは三巻以降で。

小説版、漫画版問わず、これからも是非、本作を応援ください。

お友達に勧《すす》めてくださるのも嬉《うれ》しいです。

ではでは、三巻のあとがきでお会いしましょう。

二〇二〇年も羽田とウィルをよろしくお願いいたします。

羽田遼亮

お便りはこちらまで

〒一〇二－八〇七八
ファンタジア文庫編集部気付
羽田遼亮（様）宛
ｆａｍｅ（様）宛

富士見ファンタジア文庫

神々《かみがみ》に育《そだ》てられしもの、最強《さいきよう》となる2

令和2年1月20日　初版発行

著者——羽田《はた》遼亮《りようすけ》

発行者——三坂泰二
発　行——株式会社KADOKAWA
〒102-8177
東京都千代田区富士見2-13-3
0570-002-301（ナビダイヤル）
印刷所——暁印刷
製本所——BBC

ISBN978-4-04-073374-6 C0193

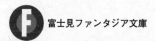

この少年
すべてが
天上優夜《てんじょうゆうや》
異世界で
レベルアップした結果、
最強の身体能力を
手に入れた少年
1~4巻好評発売中!

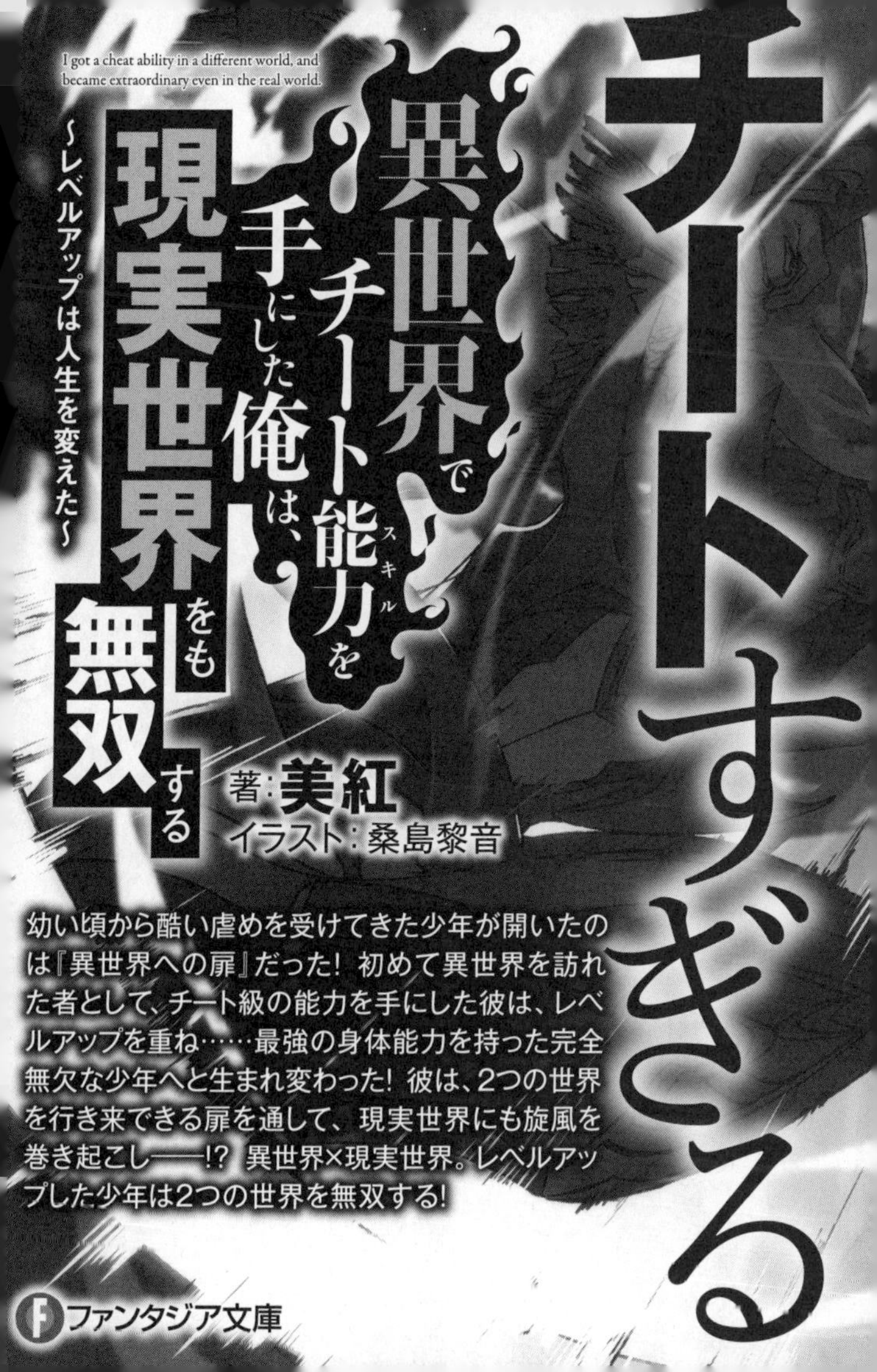

チートすぎる

異世界でチート能力《スキル》を手にした俺は、現実世界をも無双する

~レベルアップは人生を変えた~

I got a cheat ability in a different world, and became extraordinary even in the real world.

著：美紅
イラスト：桑島黎音

幼い頃から酷い虐めを受けてきた少年が開いたのは『異世界への扉』だった！ 初めて異世界を訪れた者として、チート級の能力を手にした彼は、レベルアップを重ね……最強の身体能力を持った完全無欠な少年へと生まれ変わった！ 彼は、2つの世界を行き来できる扉を通して、現実世界にも旋風を巻き起こし——!? 異世界×現実世界。レベルアップした少年は2つの世界を無双する！

ファンタジア文庫

最高《チート》スキルで
極上ハーレム
フィリア・E・ラッセル
その美貌ゆえに『聖女様』と呼ばれている、リュークの婚約者
1〜3巻好評発売中！

第33回
切り拓け！キミだけの王道
ファンタジア大賞
原稿募集中
キミの物語を世界に示せ――!!
〈大賞〉300万円
〈金賞〉50万円
〈銀賞〉30万円
新・選考委員、決定！
細音啓「キミと僕の最後の戦場、あるいは世界が始まる聖戦」
橘公司「デート・ア・ライブ」
羊太郎「ロクでなし魔術講師と禁忌教典《アカシックレコード》」
ファンタジア文庫編集長
イラスト／ニノモトニノ
後期締切
2020年
2月末日
応募の詳細は公式サイトをチェック！
https://www.fantasiataisho.com/